馬背上的夏天

李思瑶 汤珣 彭彦 李筱睿 著

四个性格迥异，来自天南海北的人，
在这个夏天，聚在一起，
进入了一片她们未曾探寻过的土地，
写出了不同的支教感受。

中国青年出版社

序

序

东子

在大理的风情岛上，我天马行空如同仙女儿下凡一般地活着。有一天岛主跟我说，你肯定跟我的女儿聊得来，她喜欢看你的书，她也是个能随便躺地上晒太阳的人。我们就一直没见面，互相在信箱里联络着。有一天，她写来邮件报了喜，考上中央戏剧学院影视系了！在我印象中她应该是跟我一样是个学习不好的人，怎么一步登了天？！在我的追问下她才说，考试前一天，跟妈妈去雍和宫拜佛，都快出门了，又转身跑回去了一趟，她妈问她干吗去了，她说："我刚才跟佛说的是大理话，我怕他听不懂，用普通话又说了一遍……"她真是个大理的孩子，一切都靠祈祷来的，一山一树在他们心里都是神性的。

我们第一次见面，是在钱粮胡同 32 号的美树馆，我正给《东游记》布展，她帮忙看了一眼就赶回学校熟悉新生活了。我们再见面是在后海冰上，她穿了一条单裤，大冬天的还说热，恨死我们了！

她的生活比我还风筝，也就是说比我还丰富，当她跟我说她在支教的地方把人打了翻墙连夜逃跑时，我真的觉得我开始崇拜她了。从小到大我就羡慕敢打架、能出手的人！我恨我自己的懦弱。这年头，敢做敢当的人不多，所以就把她拱手介绍给申大侠，在她的披荆斩棘下出落成一本能放在你面前的书。我们都可以去支教，但是不要去打架，打架的事儿还是让思瑶出头，我们只是坐在墙头上乐就够了。

　　冬天还没到太阳还暖和着，我要砌一个热炕过冬。思瑶跑来宋庄在地头儿帮我挖土，本来安排她来搬砖的，上午的活儿她中午才到。我给她写这个序是她挖土得来的酬劳。

序一

彭彦

全世界的民间谣传都指向 2012 的世界末日，而我在这一年迎来生命的全新开始。因为他来了，他重新诠释了我生命的意义，虽然我从来没有想明白，为什么把他带到这个世界，就像我从没有想明白为什么会和她们仨掺和着写出这本书。当然正如我的死党说：人生有很多事就是必然，没有那么多为什么，做就是了，不需要明白为什么。于是，我带他（我的小宝宝）来到这个世界，到现在他已有一岁半的年景，完全一副小恶魔的架势，精力无限，好乱动，好早起，好折腾，好咬人，好坏坏的笑，常常是让人哭笑不得的态势。带他的时候，不是让你心碎得一塌糊涂，就是让你想死一百次的心都有，当然这都丝毫不影响我全心全意爱他的每一天、每一个微笑。有时候对于带他来到这个世界上我深感抱歉，这是个物欲井喷的年代，我爸不富裕，我更不富裕，因此他没办法做富三代或是富二代；当然作为给他生命的人，我倾尽所有也在所不惜，虽然不能是最好的，但我希望是最适合他的。我已然是无法给他一个强大的物质人生了，想留些东西给他只能另辟蹊径，于是我决定努力跟她们仨一起写这本书，这是我能写的第一本书，也许就此开始，当然也许就此结束。一切都好，总之我想为他留下一个强大的精神人生，我想让他知道我那么深深地爱他，那么认真地爱他。希望他在人生路上即使遇上不开心、不快乐、不顺利，都能像书中的孩子们一样向着阳光微笑。

序二

李思瑶

　　每次我催稿，彭彭永远首当其冲地鄙弃我，每次都免不了她一顿凶"我带儿子，忙！""我要睡觉""我要吃饭"。不过每次最先交稿的都是她，刚才上传到咱的群里，我打了一盆开水，一边烫脚一边看，要么是水太烫，要么是彭彭戳中我点了，我哭得稀里哗啦的。

　　我们三年前建了个QQ群，群名儿叫"来稿出书小组"，里面住着忙着生崽彭，苦逼论文睿，稀里糊涂汤和思瑶，简直要弄晕你们。还住着我们大后方的陈爸、谢怡、小茜、mona……那个时候我们啥叫书都不知道，左一把右一把地写了无数策划书、计划书、成功后的海鲜大餐菜单儿。我拿着它们不知碰了几万鼻子的灰，现在彭的大宝都快一岁了，小睿早就是法硕了，汤汤东南亚游回来突然变成了大美女，我呢，已经被自己弄晕了，我们的故事也被你们大家伙儿带走了，都是好事儿。

其实，不像彭彭那样，我实打实是一财迷利诱的土霸王。当时有一出版社的人问我，你为什么想做这本书？我说：毕业好找工作，敲门砖。然后这出版社就成了我的一鼻子灰。后来东子妈妈给我引见了青年出版社的申大侠，感谢大侠喜欢土霸王。听我唠了一天嗑，出于对土霸王的好奇，她收下了我的稿子。我知道支教题材不容易出版。第二天她给我发一条短信："稿子我看完了，感谢你们治愈了我。我们做一本好书吧！"

我活得简单，除了钱，喜欢的事儿就一件"纪录"。对我而言，纪录就是对体验和探索的一种分享。

我热爱群居生活，喜欢和朋友聊天，说些我的故事，再听听别人的故事。比方说，昨天我看见一只恐龙在街上抽烟，就会想要告诉我的朋友，这就是我的纪录。

大学一有空，我就跑山沟里支教，来回坚持了三年。体验与城市大不同的生活，接触许多新鲜的事物。我怕自己时间久了会忘记，出于珍惜这样的经历，我用日记的方式把它记录下来，这也是我的纪录。

后来和朋友聊天，支教时候的野外生活变成了一个必谈的话题，朋友们都对此好奇，我就一直在反复反复地和不同的人说，把自己都给说烦了，说得我都不想再说了。由于懒，我决定把日记整理成可读性较强的文章，然后做成集子送给朋友们，这样的话以后见面聊天我就先给他（她）一本故事书，欢迎分享，然后专心吃我的饭，不用再说那么多话了。

　　整理文稿的那段时间，在她们仨的博客里也读到了她们的日记，大家眼里都有不一样的草原，万匹野马奔腾。后来，在我的万般威胁下，我们就开始一起整理文稿，我们打算做一本有意思的支教回忆录。

　　再后来有许多的朋友和它成了好朋友，有的朋友给它画画，有的朋友和它倾诉了人生的不愉快从此变得愉快，还有的朋友带它到更多的山区去支教，还有的朋友因此崇拜我们……我觉得这些是好事儿，想到就高兴。再后来，它要出版了，这就是我认为最高级的纪录。

　　还未毕业我被聘到了科学电影制片厂工作，干着和之前写书一样的事儿，拍下我看到的体验到的事情，通过纪录片频道告诉我认识和不认识的人，我发现这个挣的钱比写书来得多。我轻松地付了房租，每天可以吃上二十八块钱一斤的虾和九块钱一斤的鱼，还能随便买喜欢的陶瓷碗。大家爱我，我爱我的工作，我的工作爱我的生活，都是好事儿。于是我选择了这份职业，我决定这辈子把它做好。

序三

汤珣

乔治奥威尔有一本书叫《我为什么要写作》，要写这篇序的时候，思瑶也问了大家类似的问题：我们为什么要讲这个故事？为什么要把它写下来呢？彭彭说，这有什么好长篇累赘的，就仨字儿：我想写。

和思瑶不同，我鲜少说起自己的支教经历。不是因为别的，而是讨厌被误解的感觉。身为大都市忙碌的外企成年人，工作越久越有螺丝钉一样的存在感，即使很累却有责任不能松懈，很多人大概就是因为疲倦，所以才不再相信理想这种太过耀眼的东西了吧。去远方是理想，做好事是理想，快乐也变成了一种不可及的、把握不住的理想。我刚从山里回来喜欢兴高采烈地说我们的故事，可遇见的人们不是漠不关心，就是充满怀疑，我还遇到一个酒吧辣妹款姑娘第一次见我的时候说："我听他们说了，你是玩儿支教挂的吧？"玩儿你妹挂你弟啊。

即使有夸赞的人，我也觉得够夸张的。对于我来说，我根本不想听到"好崇高哦"这样的夸奖，我做的是一件很简单的事，单纯到完全不想为了听到夸赞而讲起我的故事。

但是我想，一定能够找到和我共鸣的人。

写的过程中，虽然有熬过漫漫长夜的艰辛时分，有常常磁带卡壳一样半天吱不出一声的憋屈时刻，但那种想表达的欲望是真实而强烈地存在着的。在支教藏区，我带上了日记本，整个在山中的时间，因为舒服的得意忘笔，我大概只写了百余字。回到上海之后，我把整本日记本都写满了。那些时光中的细枝末节，我写了整整一本书那么厚。当思瑶说，咱来真的，真出一本书的时候，在藏区支教的一年之后，我又有了想把我们的故事再重新诉说一遍的冲动。

于是，我又提笔写了一遍。完全把自己的那一本日记丢到了一边。写的时候，像是穿过世界和时空的核心，寻找到迷宫最深处的巨大惊喜，迂回着重新抵达那些快乐的底部。故事还是同样的故事，时光还是同样的时光，一年之后的我，姓名不曾改变容貌差别微毫，可如今我写出了最好的故事。我想告诉所有人：大中午，山坡上，那个暴虐的夏天，忽如而至的倾盆大雨，你所能想象到的全世界最美的友善和爱，和所有热情洋溢的青春都在那里（这里）。

孩子们是我的小伙伴，他们教会了我很多东西。和我同行的人，是我并肩的战友，我们可以一同到达更远的地方。路上遇见的无数淳朴的人们，是这个世界如此美好的最会心的一笑。

序四
李筱睿

当思瑶提出把我们的故事出版成书的建议时，我没有过多的疑问和惊讶，尽管这在很多人看来是一件异想天开的大难事，而我当时唯一的写作成就仅是小学时期在校刊上发表过一篇童话故事而已，可是因为有另外三个人给我壮着胆，我也就这么一边抖着胆，一边愉快地决定了和大家一块儿写。

理想总是焕发着闪闪的金光，然而现实却总是那把悬挂在脑门上，并在关键时刻狠狠砸下的小锤。我曾经幻想着我们的故事被一个又一个陌生人捧读的样子，然而面对着电脑却一个字也敲不出来，除了背负着"我们这是要出版成书，所以不能满篇跑火车"这个包袱外，更大的原因是此时的心境已经和故事当时完全不同了，叙述着那些故事的同时对以前的那个自己嗤之以鼻，这也是在写作过程中常发生的事，所幸的是最后还是在纠结和分裂中最终成篇。

我在完成这本书的时候才找到了创作它的意义，期间不断地进行自我否定的那个崩溃的过程让我清楚地看到了自己这段时间的蜕变，关于我讲的那些故事，我知道以后会有人喜欢它，也会有人质疑它，就像成长的过程中遇到的那些惊喜和挫败，都是一段不可多得的经历，唯有怀着一颗感谢的心，去感受，去分享。

嘿，你听

汤珣

1

前话

，

我叫汤珣。女。年岁**不小，单身**白领，长相**萝莉**。按彭彭的话来说，完全痴长了这些个年岁。对于上海这个城市来说，我是个异乡者。好在**健忘**的我不会被孤单、悲伤和萝莉控们打倒。

生活在北上广，会经历很多水生火热和悲欢离合。一个城市一旦变得巨大起来，就有足够的理由让人爱它，也让人恨它。城市里的每个人都在热火朝天鸡飞狗跳地忙活着要让别人羡慕自己。而我一直觉得自己**双眼不聚焦**，也找不到自己想要的，喜欢的，为之热爱的那样东西。这样我就变成了一**迷茫大龄城市单身女青年**……（多典型多活生生的例子啊！）

二〇一〇年五月的云南是个好天气。我在去云南的旅行中遇见了一个朋友。两年以后的今天，验证了这次云南之行成为我生活中一个重要的转折点。我们沿着雪山脚下的草甸走了一圈又一圈，在牛群和牛粪中穿来走去，他和我说了那些学校的样貌，民办教师的状况，这些给我留下了奇异的印象。说奇异，是因为比深刻要奇怪，比奇怪要深刻。于是我抱着去见见世面发挥一下我文艺情怀的做作心态，加入了新的一年的**青海**短期**支教**。

但是青海是我从来没有关注过的地方。大家都是去香港，欧洲，马尔代夫。青海？从前我甚至不知道发生地震的玉树州是青海省的（这是该有多不关心内政外交的做作大龄城市迷茫文艺女青年啊！）

这个世界，面目可憎，值得怀疑。

清晨朝露

车驶过，公路在中央把草原分裂开，通向天际。到处都是 Windows 开机画面一般的草坡，伫立在山顶上孤独的寺庙。

一个人牵着一头牛走在辽远的山坡之间。从西宁到玉树，我一直说是往下走，因为在地图上由北向南。当地人纠正我说这是往上走，因为地势越来越高。半途中高原反应剧烈，心脏被锐器刺穿一样恨不得吐个满心。早上昏昏沉沉睡了过去，车已经咣当咣当开了十几个小时。迷迷糊糊醒来，看见一排长长的转经筒、藏袍和庙宇。清晨六点五十，一群群小学生穿着蓝白校服，姑娘穿着土色的长裙走在空荡荡的路上，去上学了。

一切都新鲜得像一阵凛冽的风

到达支教小学第一天的早上。一睁眼才六点多。领队川云的睡袋就已经空了。我看其他人都睡得四仰八叉，只能跨过这些环肥燕瘦的家伙，出得门去。

清晨的一切都很安静。学校建在山谷之间，音乐般起伏的山冈环绕四周，舒缓地铺着葱绿无垠的草，像柔软延伸的毯子。学校的面前是一片好大的草地，比城市体育场里的标准足球场还要大。牦牛点缀其间，远方屋院里冒出了袅袅炊烟，我忽然觉得诗意盎然，走过去本想感叹一番，最好能作诗一首，却被身边勤奋吃草的牦牛兄弟抬头看了一眼，然后它就……不客气地噗噗拉出了一大坨牛粪。被脚边的一泡屎震惊到的我，嫌弃地跑回了校舍边上。

校舍是一排平房。只有六七个房间。校舍东边的山坡有一条自山上流下的湍湍小溪。西边的山坡离得很近，山坡很矮。山坡顶上是一个巨大的玛尼堆，纯白的塔，洗白的经幡。玛尼堆上的云还未

散开，阴影掠过大地。

在我人生的记忆中，我好像从来没有过这样的早晨。就像万物的开端一样，静谧极了。小茜什么时候站在了我的身旁我都没发觉。早上寒风料峭，我们都穿上了厚厚的羽绒衣。

时间还早，我们打算往山上爬。早上的露水让土地变得异常湿滑，就好像刚刚下了一场雨。高山之上零星散布着人家。我们走了几分钟就气喘起来。感觉走了好久，回头望却觉得学校还是很近。这样广袤的草原就是会给人这样的错觉，感觉云就在不远的山头，其实离得远着呐。越往上爬，感觉空气愈加稀薄。我俩一时间都默默无语。

听到声声犬吠。我一下子想到以前去藏区时导游说到了藏区不要随便乱跑，遇到藏民家养的藏獒就惨了。我当时觉得这是导游小题大作，可放到空无一人的清晨草原上，我忽然紧张起来。大概是陌生未知的东西总有某种神秘的恐惧感，我回头看了一眼小茜，发现她脸色发白，不知道是冻的还是吓的。我问小茜："你怕狗吗？"小茜说："还好。但是如果是藏獒……"

我俩心领神会地对看一眼，此地不宜久留，撤！

回到校舍，大伙儿已经起床，到小溪边去刷牙洗脸了。我们欢天喜地跑过去加入他们，在依山傍水的小溪里刷牙洗脸，实在是太自然太生态太酷了。但是我的手刚碰到水，就和《蝙蝠侠》里的急冻人一样瞬间冰化了。早上的气温大概在零度左右，这分明就是冬天的泉水，我的世界一下子变成了冰雪世界。

我看了看左边的陈爸，他正刷牙刷得泡沫四飞；我又看了看右边的思瑶，她正和野人一样扑棱着冰水洗脸。"你们不冷吗？！"我简直惊叹了。

我和小茜两两对看，心领神会如同刚才迅速下山，灰溜溜地回去拿了脸盆，倒上点热水，呲牙咧嘴好不容易完成了洗漱。

不少孩子已经到了。这些小藏民们脸蛋黑里透红，吸溜着鼻涕，在草地上像装了马达一样蹦来跳去。思瑶发挥了"流氓"本色，语言不通就去套近乎，顺便拿起相机给孩子们咔嚓咔嚓拍起照来。

她屡屡蹲在那里，一蹲好久地拍花花草草，我随手拍下了好多她窝屎勿扰的照片。

嗯嗯和牛粪是一个值得讨论的话题

在草原上上厕所是一个非常命题。这里的一切都那么原始。没有自来水，没有生活用电，没有通讯信号，当然也没有厕所。

习惯了随地大小便，以至于回到上海，有一次在世纪公园的丛林草野里散步，我忽然想上厕所，竟然也萌生了这样的想法。同行的人像看野人一样看我：随地大小便是要罚款的！纯爷们儿！

在草原上上厕所，最大的问题，是一望无际没遮没挡。想上个厕所，走了二里地，回头一看，小崽子们谁是谁还都能分辨呢。再走二里地，回头一看，思瑶还在和你挥手呢。因为学校在山谷里，所以无论往哪个方向走，都是爬山。山上的路越往上就越难走，溪水有时是暗流，不小心就是一脚泥。爬了半个小时，才勉勉强强找到一个蹲下来看不见别人的地方。你蹲着还在用力抗争时，一转头发现另一边的山上有房子，房子前的人你看得清清楚楚……

每次长久不见某人，大家问起，原来是去上厕所了，大伙儿都心领神会。所以到后来，我们都是趁着天色未亮人还未起，或者是晚上九点太阳下山，就近解决一大命题。于是乎，便出现了边大号边看见一颗颗流星划过头顶的景象。何曾想象过窝屎也成了一件浪漫的事！

不过就近上厕所也有问题，这就是狗先生们。学校周围聚集了一群野狗，十几只左右。标准的丐帮编制，他们的皮毛一缕一缕灰不啦叽，形象实在落魄。

我们上厕所的时候，这些狗就会虎视眈眈地跟在我们后面，让人很担心。狗们平常总跟着我们，吃饭啊，洗碗啊，它们可以讨些剩饭吃，高原生存不易。但上厕所时跟着我们，这些饿极了的野狗会趁着我们亮出屁股时，冲上来咬我们的屁股吗？大家都有点人心惶惶。

小茜说起一次夜间经历："昨天晚上我去上厕所，外面很黑，什么也看不见。上完了往回走，忽然就听见嗷嗷的叫声，一脚踩到了什么，电筒一回照，我的妈呀，一群狗像排着队一样呼啦啦站那儿，当时把我给吓的！"

后来我们终于发现，这些狗觊觎的并不是我们的屁股，而是……大家听过一句话叫作：狗改不了吃屎吗？……

听一个朋友说，狗会吃屎是因为人的消化系统并没有充分消化食物，而狗的消化系统更强。对于狗来说，人之排泄物就是狗之粮食啊。真是印证了一句英文谚语：他人之蜜糖彼人之砒霜。果真是

大开眼界的生物一课啊。

对于我来说，在山野里上厕所的经历颇好。一日清晨，我打着哈欠去学校后面拉屎，蹲着蹲着，雾霭散去日上山头，太阳出来了。我正低着头，忽见眼前闪烁，像是水晶掉在了草中。举目望去满眼都是水晶，整个草地忽地一下蔓延着波光，如同夜里星空密布。定睛一看原来是露水折射了阳光发出的光。那美的惊奇感受不亚于蹲着看到流星，这清晨的草地仿佛就是夜里划过流星的星空。

提上裤子走到校舍，草地上冒出了好多孩子，像清晨露水中胡溜溜冒出的可爱新鲜的蘑菇。一瞬间静谧变身为追着风一样快乐的镜头，整个画面色彩斑斓。

说到山里的牛粪，它就是我们的煤，我们的电，我们生命的四分之三。靠它才能白日烧水煮饭，晚上升火取暖。当周老师的房里有一个直通烟囱的炉子，往炉子的肚子里加很多牛粪，点上干燥的草或纸做引燃，就可以把炉子升起来了。看似简单，我们却谁也没法把炉子升起来。每次只能看着当周老师麻利地引燃。

牛粪不经烧，要不停地不停地加，火才会旺一些。

校舍总共七个房间，三间是教室。两间作为老师卧室。一间放土豆白菜等一周的存粮和学生书本。最后一间，则是满屋堆到房顶的风干牛粪！孩子重要，老师重要，一日三餐一样重要的，同样重要的，就是我们的牛粪了。

后来才知道，山里的牛粪一点儿都不臭，反而有种草的味道。

思瑶是有牛粪情结的人，于是和牛粪炉子有关的掌勺，烧炉，加牛粪的活儿她一概全包，做得不亦乐乎，得其乐哉。

刚进山中，我的诗词赋硬生生地给牛粪噎住，没想到今天对牛粪也有了这样的感情。

露水里的蘑菇，小青菜还有格桑梅朵

　　早上睁开眼，川云的睡袋又空空如也。他说学校周围都是山，他要天天早上爬一座山去看风景。我们都对他充满浪漫主义的说辞嗤之以鼻，因为我们知道他是"围脖"控，山谷里没有手机信号，他天天爬几个小时的山就是为了在风大雨疏的山顶找到西藏的信号，刷"围脖"……

　　八点半不到，快上课了。川云趿着塑料拖鞋一脚泥，上身穿着T恤回来了。他平常穿的不多，但是山里的早晨很冷，零度的天气，我们纳闷他怎么不穿外套，他却呼啦啦把手里的东西往地上一摊，一看这正是他的外套，打开来，里面装的全都是蘑菇。我们一堆人凑着脑袋好奇地拨弄着这些蘑菇。它们长得就和迷你版的平菇似的。

　　我说："这个是蛮好玩的，不过又不能当花一样插。小朋友已经送了我们好多花儿，我都插到娃哈哈瓶子里放窗边了。"

　　川云一副要绝倒的样子："这个是吃的呀！"

这次轮到我们绝倒了："吃的？"

陈爸在一边削木头修锅盖把手，他探过头来说："有毒没毒？"

川云在爬山的路上，看到这些蘑菇仔在清晨微露中瞬间从一点点长到了一丛丛，他就蹲在路边看着这些小脑袋冒出来。然后把它们全部采了回来。

川云自信满满地说，自己出生于云南楚地，蘑菇见得多了，怎么可能分不清毒蘑菇和好蘑菇。他越是一再强调，我们听着越觉得心虚，于是问同是云南人的思瑶。思瑶先和我们说云南蘑菇有好多种，啰里八唆特别专业地给我们说了鸡枞啊，牛菌啊，松茸啊……我们听得云里雾里。让她仔细看这个蘑菇，她竟然和我们大眼瞪起了小眼。这家伙的真身，原来也是个四体不勤五谷不分的家伙！看来在村里，她除了牛粪什么都不懂。

（这里是不是该说说思瑶和川云比厨艺啊？看思瑶怎么写）

思瑶和川云虽同为云南人，不过思瑶是大理人，川云是丽江人。大概这就是为什么这两人放一块儿就得掐架的原因。这对冤家据说从去年在贵州就开始吵，一直吵到了青海，虽然有一些时刻是真刀实枪，不过另一些时候简直就是小鬼当家。这不，他们非要比什么厨艺。

思瑶拿着铲子呱呱呱烧了小瓜汤，炒土豆丝。川云接勺上阵。我们都在屋外沐浴午间阳光，懒洋洋的。忽然炉子旁，听见思瑶"啊啊啊"咋呼开来的声音。大家围过去看，思瑶指着正在把土豆出锅装盘的川云说："他作弊！"

原来川云趁大家都在外面的时候，偷偷打开了挂在自己腰间的小腰包，贼眉鼠眼左顾右盼，把整包十三香都倒进锅里了。

我们的调味料，只有粗盐和一瓶酱油（粗盐是你放多少都不会咸的那种盐！），其他就什么调味料也没有了。他为了这次厨艺PK还特地到村子前面的小卖部买了十三香，果真是腹黑心机男啊。

土豆丝用脸盆装着。蘑菇汤也满满的。由于高原气压的缘故，饭都有些半生不熟。不过我们呼啦啦的吃得特带劲。对于蘑菇，我一开始还心有余悸，见大家都不怕死的吃得淋漓酣畅，眼看就要见底，我也赶紧大把捞起，果真是比天天吃顿顿吃的土豆好吃。

一天早晨，我照例起来去小溪边漱口，空无一人的山际间，有一个小小的身影依稀可辨穿着校服背着书包，这样的一个身影使山野变得更空旷。他颠颠儿的往回走两步，去赶身边正在吃草的牦牛，又颠颠儿的下山来。我这才看清这是二年级最调皮的学生"变形金刚"（他的名字在藏语中的意思是星期二）。他跑到我身边，哗啦一声放下兜在衣服里的东西，腼腆地朝我笑了笑，又跑开了。

我往地上一看，是绿绿的还挂着露水的蔬菜。有点像小青菜，又叫不上名字。这里的蔬菜长得有点不一样，这大概和南方人北方人身高长相都有些差别是一样的道理。对于我来说，都挺新奇的。

孩子们喜欢采花送给我们。草原上有各种颜色的格桑花。藏语里，花叫作梅朵。小小的黄色的梅朵，粉色的梅朵，紫色的梅朵。

小崽子们上山入地无所不能，但是他们却喜欢温柔地送你梅朵。

我收到的最大的一朵花儿，有我掌心那么大，黄澄澄的格桑花，像煎鸡蛋似的。送我花的村民我并不认识。午后时光，在我们帐篷的山坡上，一个藏族老奶奶穿着绛紫色的藏袍，袖口处银丝绣花闪闪发光，她的藏链上，红色的玛瑙有眼睛那么大，沉沉地挂在胸前。她的脸上有这山的风风雨雨。

她对我微笑，满脸的褶子，把这朵花塞在了我手上。我惊奇地问她："是给我的吗？"不明白她为什么要送花儿给素不相识的我。她一句汉语都听不懂。我笑了起来对她说：qiu-di-mo（藏语的谢谢）。

我兴高采烈地拉着"星期二"，让他头戴花儿拍了张照。

"星期二"特别喜欢我，无论是下学，放假，课间，他都喜欢跑来跟着我，是我的小粉丝。因为陈爸最受男孩子欢迎，而且我并不教"星期二"所在的二年级，所以"星期二"跟着我大概是因为我漂亮吧。（哈哈哈，好得瑟了！）我怎么摆弄他，让他戴墨镜，戴花儿，他都乐意，还特爱我给他拍照。

有一次，一群孩子围着我和小茜，七嘴八舌地说话。我们问：你们有没有兄弟姐妹？你们的妈妈呢？孩子们叽叽喳喳抢着说话，像一群小鸭子一样。"星期二"说："妈妈，妈妈在香港！"我和小茜表示非常困惑，于是问："你是说妈妈在外地打工吗？""星期二"说："@#￥%……&*。"哎，我们和孩子们的交流就跟和 ET

交流似的。

　　在回程的路上遇见了在觉拉乡一所学校里支教的小婷，才听说这里的藏区是一妻多夫制。大家纷纷啧啧啧，羡慕嫉妒，无法相信。

　　回来之后，我看了一部关于藏地支教的小说《酥油》，才得以了解西藏昌都地区一妻多夫的传统和由来。藏地艰险，兄弟分家无法生存，所以才有娶一个女人大家一起生活以保证能够存活。而藏地的女人非常辛苦，要种田操持家务生养孩子供奉老人，她们是一个家的凝聚。

　　真是神秘之地啊。

日间笔记

　　支教前的生活一派血雨腥风兵荒马乱。工作烦琐，忘左失右，捉襟见肘。假期终于敲定，前一天晚上加班加到凌晨。飞机起飞那天，身份证怎么找都找不到。去机场补办的临时身份证在机场竟然又丢了。排错航空公司的执机柜台。飞机晚点五个小时。点了一碗面吃了两口，因为听到航班播报去询问，面就被服务生倒掉了，完全符合我的糗事风格。当飞机终于起飞后，我筋疲力尽地倒在飞机座位上，以这样不顺遂的开端开始的行程，会是一趟怎么样的行程呢？

西游之看不见的城市
——西宁，玉树，囊谦

我们这次所有支教人员集合在西宁。

六年前我有个朋友去西宁，他说西宁是个好地方，地如其名。他在西宁时，刚好遇见《同一首歌》在本地演出，于是五点多的光景，西宁街头全是携手走在街上去看演出的市民，全家老少，快活满足。

我眼中的西宁，已经在朝热火朝天的道路上发展了。刚刚兴起的经济火苗让这座城市脱序庞杂。出租车司机和我抱怨市中心的房价涨到了八千一平米。本来一两块钱能喝到的酸奶、吃到的面都涨价了。

以为西宁不会很热，我都没有带短裤。在西宁的阳光下走到发晕。西宁出租车由于烧的是天然气，起步价只有五块。在西宁打车基本靠抢，抢着抢着还有挥拳头的。西北人也颇有能动手绝对不动口的架势。

我们第一天的落脚点是西凉驿青年旅社。里面的人都晒得黑漆抹乌的。在这里停驻的人多是由青藏公路进藏或是丝绸之路进疆的，都是长线。环青海湖骑行的人也不少。西宁是所有人在这场漫长旅途上一个重要的驿站。晒得黑理所当然，因为从这里就是西出阳关无故人，从这里就看到大漠孤烟长河落日了。乔峰的大漠豪情，高适的前路知己莫不在此。大伙儿互不相识，坐一块儿晒着太阳聊着天，买不到酒有人来分，豪情壮志。大伙儿还一起到清真小卖部喝酸奶。其乐融融。

终于见到支教团队的大伙儿了。领队川云有点邋遢版韩寒的味道。陈爸一看就靠谱儿。小茜是个贵州辣妹子。大家都是大学的年纪，我是他们中间最大的。感觉自己的年龄对他们来说好像是中年大妈一样。但是不知道是他们太懂事，还是我太不懂事，我常常忘记他们是九零后。或者就如彭彭说的那样：什么九零后，是一八九零后吧。

第一次见到思瑶，我刚从外面瞎逛悠回到房间。就看到一个穿得像个橙子一样的家伙坐在房间里。不看不要紧，一看吓一跳。这家伙的头发像被电击过了一样，一缕一缕又粗又长黑黄黑黄的，爆炸式方便面那样直到腰间。长得也很异域，皮肤黑黑的，吨位和样貌都像是沐浴在古巴的阳光下成长的族群部落人。我的脑内一下画面过多，什么哈瓦那的蓝天白云黄房子，忧郁的热带里土著人在跳舞……（的确是被她的外貌冲击到了）。

后来发现，其实我的判断也没有怎么失误，她的确不是汉族人，是白族姑娘。思瑶很爱这样介绍自己：我是白族的，但是我一点也不白。

思瑶的头发值得好好研究一下。这种发型是由唱雷鬼的鲍勃马利带动起来的潮流，虽然这个雷鬼歌神死了很多年，但是他的长发偯——学名叫作非洲脏辫依旧经久不衰。不仅我仔细研究了她的长脏辫，青海湖边的小藏民们也很喜欢她的辫子。她的身后一字排开了好几个小鬼，每个人像对待异次元物种一样拽着她的辫子，还呵呵地笑。等她回过头，每人便伸手向她讨要一块钱。思瑶直跳脚："是你们该给我钱好不好！"

她是学电影制作的，我想：到底混娱乐圈的就是不一样啊！

我们在西宁长途客运站，买了从西宁到玉树州囊谦县的大巴车。经过一夜，日上三竿的光景，我们进入了此行最难走最艰险的路段。山路十八弯，环山公路右侧山川陡峭，左侧水流湍急。风光骤然就和之前的微软开机画面截然不同了起来。车行了十几个小时，连一直犯二的思瑶都发黏了，跟鲶鱼一样。

长途车行，我和大巴车司机已经熟络起来。我和一名暑假回家的藏族大学生姑娘，并排坐在司机身边的小马扎上，一起聊着天。司机一路说着各种故事，指给我们看藏羚羊；告诉我们刚经过的勒巴沟——那是流淌着文字的河；说着《西游记》里的段落。唐僧师徒要过的通天河就在那里，那里就是三江并流的地方，晒经台就是，就是这块大石头！我不停地发出"哦！哇！嗷呀！"这样的赞叹，感觉自己就和刘姥姥进大观园似的，嘴巴张成 O 型，眼睛瞪得比嘴巴还大。司机和我们说："我给你们讲，《西游记》里的女儿国就是玉树！他们说女儿国在别的什么四川啊那些个地方的，那都是不对的！我中学的老师就告诉我们女儿国就是在玉树。我告诉你们，为什么女儿国在玉树呢？一个是历史考证，另外就是玉树的姑娘也是漂亮得很！囊谦的小伙儿玉树的姑娘，你们听过吗？囊谦的小伙子长得帅，玉树的姑娘长得漂亮！"师傅是个汉人，但是看上去和蒙古大汉一般，脸盘圆圆的，像历史书上成吉思汗的画像。他说的话我全都信。

我回头问那个藏族大学生姑娘："你家乡囊谦的小伙子和师傅说的一样，都很帅啊？"她呵呵地笑，眼睛亮亮的。她在大连念书，回家要先从大连坐十多个小时的火车到北京，从北京坐二十多个小时火车到西宁，西宁买上大巴票，再坐二十四个小时以上的长途汽车才能到达囊谦。归家的路艰险渺辽，但我问她毕业后何去何从，她说我当然要回到家乡建设家乡！再没有什么地方比我的家乡更美丽了！

藏区的路途那么遥远。所以藏区的美才动人心扉。我曾经在甘孜藏区听过类似的说法，叫作康巴的汉子丹巴的妞。在每个藏区，都有无数的传说。

司机师傅说的那条流淌着文字的河，就在这里。千百年来，无数虔诚的藏民把经文一笔一画一字一句刻在石头上，扔进河里。勒巴沟，在藏语里，就是"文字流淌过的河"。

车终于开到了玉树。

最先进入眼帘的是一座已经被损毁的色彩缤纷的藏式建筑，它的周围全是瓦砾，只有它还兀自扎眼地歪斜竖立着，墙上巨大的裂缝如同溃烂的伤口一样令人触目惊心。

玉树是个忧伤的地方。蓝色的救灾帐篷在废墟瓦砾之间零星点缀，这里的生活依然在帐篷里继续。流连在蓝色救灾帐篷之间的是理发店、水果摊、面食铺子、学校、医院。灰尘漫天。整个城市几乎没有一座建筑物。夏天很快过去，九月份的玉树会迎来第一场降雪。整整大半年的冬天漫长无边，零下十几度的气温会持续好几个月。但是，他们还是要在这些帐篷里念书，工作，就医，生活。

在巨大的玛尼堆前，是一个悲伤的时空。据司机师傅说玉树的这个玛尼堆是世界上最大的玛尼堆，已经载入吉尼斯世界纪录。一个人要念一千遍的经文才可以放下一块石头。我的脑海里出现了一个漂浮着满满梵文字符的天空，在苍凉的空中飘荡着。

一路快到囊谦的路上，有藏族防暴警察穿制服检查。这些藏族男子果真长得英气逼人。大巴师傅说的一点都不错。

车终于到达终点站囊谦。

囊谦是青海最靠近西藏的县城。午后三十多度灼热的阳光让我的牛仔裤贴在腿上，汗津津的。不是说这里很冷要零度以下的嘛！

（后来发现晚上的确是零度以下啊……）我开始水土不服地拉起了肚子，长途站内的厕所臭气熏天（我真的很喜欢我们草原上的天然厕所！），拉了好几次不见好。

川云联系着包车。我们要去的吉曲乡下面的村子离囊谦县城还有一百多公里的山路。无论如何，我们希望天黑前能够到达目的地。在等待的时间里，我们逛了逛县城。因为我的紧身牛仔裤实在是让我瘅气内收，我决定买一条可以让双腿自由呼吸的裙子。

县城不大，一条主街。顺便购买了一些方便面纸巾等生活用品。逛了几家服装店竟然发现没有一家卖裙子。后来才知道，这里的民风保守，没有女孩子会穿裙子露出腿。最后我在一家当地人看似很时尚的店里买了一条鹅黄色的宽松半截裤，可以露出小腿。

我们去一家小饭馆吃饭，盖饭面条的价格并不便宜，十几块钱左右，和上海的小饭馆价格相当。当地物资匮乏，物流不易，物价也就上来了。

最后，我们和当地对接的公益组织中的永丁老师接了头。永丁是一名优秀的藏族大学生，刚刚毕业，回到家乡专门做孤儿救助。他带着藏毡帽，眉目深邃，脸庞柔和。永丁介绍了藏族司机，我们得以顺利包车进山。就快要到达了，但这远远不是终点。

路途遥远之卫国之谜

司机是个长相粗壮的藏族胖汉，汉语不是很灵光，说起话基本靠比画。车晃悠悠地驶进山中。山中的公路空空荡荡。有一两个藏民骑着摩托车驶过，司机就会停下来和他们聊聊家常，这里的每个人都彼此认识。

午后的阳光被厚厚的云层挡住，显现出青灰色。不断有云影掠过大地。云的边缘闪亮，光芒抑制不住地泄出。司机播放着佛经和藏族歌曲。以前我总觉得那些藏族歌曲有股乡野子味儿，直接奔着神曲去的，只有我妈那年龄的才能接受。现在置身山野之间，这歌声却显得一切草甸、高原、天空更加宽广。这些歌曲才是真正的草原之歌啊。

音乐或许就是这样。如同在夜的海边，听着大海的声音，你永远找不到任何乐曲可以比夜之海浪更动听；而在草原之上，也没有什么可以比藏歌更天籁……我正思绪飘散胡思乱想有关音乐的真谛时，忽然听见思瑶扯开嗓子对着车窗外喊：weiguo 去死吧！！！

我们大家怔怔地还没反应过来，思瑶就继续大声对着山野喊道："北京，真傻！"

我反应了过来，也用尽力气使出劈叉了的声音喊道："上海，见鬼去吧！"

思瑶继续："城市，我恨你！"

大家觉得很有趣，纷纷扯开了嗓子，乱喊一通。把城市里带来的怨气结结实实吐了出来，吼完之后大家哈哈笑做一团，连司机师傅都跟着笑了起来。

这个时候，我忽然想到："……那卫国是谁啊？……"

看到思瑶微囧的表情，我嗅到了八卦的味道。"卫国……不会是你的男朋友吧？"

这下大家都来劲了，个个都凑上来问："真的啊？""什么样的呀？""到底是谁啊？"

思瑶一副要绝倒的表情，囧着脸说："什么卫国啊？"

"哎呀，就是'去死吧卫国'的那个卫国啊！"

"不要装不知道哦！"

"不要装没喊过哦！"

思瑶竟然打死不承认喊了卫国！

司机师傅停下车来。我们下车伸了懒腰，看了风景，便四散找树影山凹之处上厕所。由于水土不服，我整个人有点虚弱，在车上找到药箱喝起了藿香正气水。

他们上完厕所，开始得瑟，在每张拍摄的照片中做插入性广告，一边拍照一边拿着正在喝的牛奶介绍："蒙牛牛奶，能长高哦！"或者指着自己的运动鞋："四千米都不怕！想跳多高就多高！贵人鸟，你我的选择！"（好有表演欲……）最后找到了我的藿香正气水："藿香正气水，口渴就喝它，拉肚子就喝它！"看他们笑得前仰后合，我心想九零后真是快活啊。我到底是姐姐都病成这样了，他们还这么疯。当然熟稔了之后，川云竟然恬不知耻的喊我：汤阿姨……思瑶更是厚颜无耻的喊我：汤妈……

在四千多米的高度，我们不要命地跳起来，定格了4322米，跳起还要高一米的绝对高度的瞬间。

到达萨美寺的时候，天已经显出微微青黛色，黄昏就要来临。两天一夜，我们终于快要到达我们的目的地。

到了吉曲乡，在地图上看，离西藏不过就是咫尺之遥，可以以步丈量了。

夜晚繁星

回到我们刚刚出发的那个时刻。从白天离开西宁，一日一夜到达囊谦，再到包车进山，两日间车行千里，最终到达那座名叫萨美寺的寺庙时已天色如黛。我们知道就快要到达此行的目的地了。整个山涧在黄昏时分渺无人烟，建在高地的萨美寺悠远伫立，金銮叠嶂。山里的夜坚硬决绝，像黑曜石一般。但即使这样，那些夜间温柔的小曲儿，快乐的聊天，也让高原的夜绵长温和起来。漫漫长夜有如漫漫人生路坚硬冷酷，却抵不过同行的人热热闹闹给你来一曲《北京的金山上》……

萨美寺里的清泓

　　天色渐晚，一切很安静，我们进入寺庙的时候连气都不敢喘。藏区的每一个村子都有一座寺庙，每个寺庙的主持是当地的活佛。孩子们把活佛像挂在脖子上的吊坠里，藏民把活佛像挂在车里的反视镜上。信仰就这样无处不在。

　　我们站在安静得空无一人的寺庙里，手足无措，不知道该是站是坐，是走动起来还是留在原地。就这样我们被引进寺庙二楼的一个房间，小喇嘛并不言语，带着我们进屋就离开了。

　　我们坐在长木凳上等待着。房间很大，空荡荡的。对面是整整一墙的宽大窗户，面前是低矮的木桌。房间铺着厚厚的藏式地毯，踩上去软软的，颜色艳丽。靠墙的桌子上放着活佛像、酥油灯、银壶、彩色经幡、轮回图，就这样静悄悄地诉说着这个完全不同的世界。正对着我们的窗外，天色渐渐暗了下去。

　　我们坐得很局促。我低声问思瑶："刚才的喇嘛们好像都不会说汉语，等一下是川云和他们沟通吗？是要和他们比画了吧！"思瑶左顾右望正看得起劲，点了点头。我逗她说："你不也是少数民族嘛，干脆你代表我们和他们说话吧。"

思瑶回过头一副"你是痴呆吗？"的很痴呆表情："他们是藏族，我是白族。"她竟然还想了想说："我的确是有藏族哥哥，但是，我真的听不懂！"

等待的时间太无聊，我又转过头问陈爸："我们今天晚上到底咋整啊？会不会睡庙里啊？好武侠啊。"

陈爸嘘了我一声，大概是嫌我太吵，有不敬之嫌。抬眼看，有两个小沙弥走了进来。

两个人手里都捧着好大一个纸箱，他们跪在了我们面前的桌子旁。不明他们的来意，我们五个人都稍许有些紧张地挺直腰背，坐正了看着他俩。两个小沙弥年纪不大，一个十三四岁的样子，另一个年纪稍长。他们穿着绛红色的喇嘛服，头发剃得短短的，忽然我发现她们竟然是女孩子。

她们开始从箱子里掏东西，纸箱就像机器猫的口袋一样，掏出了饼干、虾条、旺仔牛奶，甚至还有皮儿茶爽（皮儿茶爽是个什么神奇的饮料！），就这样，零食饮料铺了满满一桌，在我们还没反应过来怎么回事的时候，她们就出去了。在我们依旧没有反应过来怎么回事的时候，她们又进来了。依旧是两个箱子，从箱子里神奇地掏出了一盆盆的麻花儿、碗和壶，她们开始安静地给我们倒起了

酥油茶。

抬眼间，刚好和年岁较小的小沙弥尼眼神相遇。豆蔻年华，她长得如同高原间潺潺流过的清泉，五官分外秀丽。她小小的脸被高原炙热的阳光晒得红里透紫。她的眼神清澈，就像最高的雪山顶上的空气，就像最遥远的天边的恒星。我的心仿佛被清泓浸泡，就像武侠小说里美丽的小昭出场，我有一瞬间倒是被惊得不知该干嘛了。（如果我是男生，这就叫作一见钟情吧！）

思瑶说："小喇嘛的眼睛好漂亮啊。她的眼神，像……金鱼缸一样，好清澈好清澈啊。"金鱼缸？你们终于知道思瑶有多么没有逻辑了吧。

我们喝完一碗酥油茶，她们继续给我们续上。水非常的暖，上面漂着一层淡淡的酥油，微咸，喝下去整个胃和肠子都舒展了。因为不好意思吃别的，我们就一碗一碗的喝茶。旅途劳顿和高原反应在此刻这个忽然充满温馨的房间内都通通退去。后来知道，酥油茶是可以消除高原的不良反应的。

小茜很想吃麻花儿，麻花儿一大盆，就放在她手边半米的地方，用银色的铁盆装着。她眼睁睁地看着麻花儿飘着香，鼻孔都痒了，就是不好意思伸手拿。

毕竟这是一个几乎与世隔绝的地方，物资匮乏，放在桌子上的所有这一切都要经过长途辛苦的跋涉，才能呈现在桌子上。就像坐在这里的我们一样。

不过最后，小茜吃麻花的夙愿在临行前还是实现了。

　　年长的大喇嘛进来时，我们才注意到喇嘛们都是脱鞋进这个铺着地毯的房间的。我们五人大窘，忙不迭地踮着脚跑出去，略显慌乱地挨个脱鞋。更囧的是，一眼望去，几人袜子都烂着大洞，所幸天冷，没什么脚臭。

　　离开寺庙的时候，天已全黑。寺庙离吉曲乡的小学还有五公里左右，我们摸黑上路，视野漆墨一片，四处狗吠起伏。快到校舍可见微弱的灯光，在水一样清澈的黑夜显得孤独而寒冷，中午三十度的温度已经完全不见踪影，我们穿着长长羽绒服。

　　虽然指针刚刚指向晚七点，可是空气中已经传来了昏昏欲睡的气息。一切都很安静了，连狗都停止了叫。在这个没有任何娱乐活动的地方，我们在当周老师让出的房间里睡了在山中的第一晚，当周老师帮我们加了炉子里的火。

　　我们大约是在晚上十点安顿睡觉的。这里的十点比城里凌晨四点还要静，透亮着纯黑。纯净的夜不含一点光的杂质。

小崽子们就是齐天大圣的猴孩儿

刚葛乌兹和刚葛卓玛是两兄妹，机灵活泼，长得好看。两个人眼睛长得像，长长的，乌亮如墨。卓玛喜欢围着我，乌兹喜欢围着陈爸。我和卓玛常坐在草坪上玩扔石子儿的游戏。

扔一个石子到空中，抓一个地上的，再接住刚才扔的。

再扔，再抓第二个，再接住。

手里的石子就会越来越多。

卓玛是扔石子的高手。

而纳木错简直就是高手里的战斗机。她的小手里可以同时抓着八九颗石子。

纳木错的名字正是西藏那个著名的圣湖。她长得不太好看，单眼皮小眼睛，小脸黑红，笑起来很腼腆。她包着一个旧到发灰的头巾，总是在校服里面穿一件紫红色的花衣服，带着一条红蓝石和银镶嵌成的粗藏链。里面的细链子挂着活佛像。

她的弟弟在一年级，特别活泼，像一个小跳豆一样。我问他叫什么名字，一年级的小家伙们汉语几乎都不会说，说藏语都还坑坑洼洼的，后面高年级男孩子就纷纷把脸凑过来，大声说："八戒，八戒，他叫猪八戒！"纳木错的弟弟长得胖乎乎的傻兮兮的，他一点都不在意大家的起哄，我说你知道猪八戒吗？他说知道！还和我比画孙悟空的样子，跟着大家呵呵地傻笑，开心得不得了。

一年级还有个小家伙，我怎么和他说话，他都不张口，眼神特邪乎，我和他说话，他就挺着小胖肚子，特酷地歪着头看我（我想他肯定是听不懂）。他人胖乎乎的，我叫他酷小胖。他是全校最小的孩子，一个小不点，刚进学校的第一天还穿着开裆裤。（还能保持那么酷太不容易了！）

大概是他总不理我，所以我很是喜欢逗酷小胖。他会用特别坚毅的眼光看着我，那股子认真劲儿特逗。

课间的时候，我拿着相机坐在草坪上。酷小胖屁颠屁颠地跑着经过我，我把他叫住，想给他拍张照。他愣怔怔地没听懂我说什么，这个时候跑来一个三年级的大家伙，一把从背后把要跑掉的他抱住，对我说，老师快照快照。小八戒很不情愿地开始踢腿踢脚努力挣扎，衣服也撩了起来，露出了圆圆肥肥的小肚子。他怎么挣扎也挣脱不开，就开始呜呜哭了起来。调皮捣蛋的大孩子看他哭了，急忙把他放开。我跑过去哄他，从兜里掏出糖果塞给他，我和他道歉说不该这样给他拍照，他觉得丢脸又负气，酷酷地甩了甩手擦掉眼泪，转身走掉了。我看着他的背影，心里想，真是很有骨气不被糖果收买的藏族小汉子呢！

不过从此以后，酷小胖特别爱跟在我屁股后面跑。虽然他拒绝了我的糖果，但是终于肯让我拿餐巾纸替他擦鼻涕了。原来还是一个温柔的小男子汉！

陈爸除了教二、三年级的数学，他也是当之无愧的课间体育老师。孩子们一个个上蹿下跳，和猴儿似的，连女孩子都蛮力无比。陈爸和他们摔跤、拔河、疯跑、踢毽子。我们踢足球，跑着跑着我觉得我怎么喘成这样，和牛似的。这才反应过来这是近四千米的高原。我们竟如履平地地进行着各种运动，还特无所谓的生着各种病。陈爸和川云因为睡袋不暖都感冒了，思瑶水土不服肠胃不适，但我们依旧感冒不怕肺肿，气喘不怕缺氧，一点都没当回事。结果证明我们也真的都没事。看来，雪山的神啊，也在保佑着我们。

中午时分，孩子们围在我们草坪上的桌子边，你一言我一语。我站起，纳木错从后面抱住我，左边右边孩子们抱住我的胳膊，眼见着另外两个从正对面冲过来抱着我，我就像个金刚大力士似的，边扑哧扑哧笑着，边拖着七八个孩子往前走……真幸福啊。

孩子们还会见缝插针地往桌子上挤，他们拿着发给他们的白纸和彩笔，给我看他们的画。他们画着牦牛，画着房屋，画着大山，画着他们自己，还画着我们这些老师们。

下午五点，放学了。孩子们都不走，留在草坪上玩耍。年轻的藏民也来到草坪上和孩子们一起玩，高山和阳光似乎赋予了他们无限的能量。夕阳西下，金色余晖，草甸上的这幅画面无法形容，孩子们欢笑着，打闹着，跑着，从山坡上一个接一个地滚下来，在快滚到小溪里的时候哗地停住，灵活得小屁猴儿似的。

一个孩子正在放风筝。他把线全都放完了，拽着它在宽广的草甸上呼啦啦的跑，西边偌大的草地上只有他一个人，另一个孩子这时加入了他，跟着他风一样地跑了起来。草甸闪着微光，大家抬头望着风筝。

学校里最大的孩子，三年级的塞塔骑上摩托车，叫上二年级的弟弟，准备回家了。弟弟吱溜一下窜上车，倒坐在后座上，面对着我们朝我们做鬼脸。（孙悟空附体了……）十三岁的塞塔跨上摩托车，脚都碰不到地，只能勉勉强强踮着脚尖够到。即使这样，当他转动油门，摩托车嗖地一下开得风驰电掣，实在是太勇猛了。一瞬间车影人影就变小了，弟弟远远的和我们挥手道别。

第一堂课以及最后一堂课都是美术课

第一天。养多老师说，你们就直接进教室教孩子们吧。

萨美寺小学有两个正式的老师。养多老师三四十岁，方方的黝黑脸庞，深邃的目光，一看就是硬铮铮的藏族汉子。藏医老师脸长长的，眼睛眯眯的，总是戴着毡帽，一句汉语都不会说。他不仅教书，还是村里的藏医，是村里标准的知识分子。他俩一会儿都要出门了。只剩下年轻的藏族大学生当周向杰教三个班。当周老师正在进行每年大四的实习，在这里当实习老师已经半年。在藏民中，他不算魁梧，长得秀气白净。

我们面面相觑，没教材没准备，昨天晚上刚到，几个孩子几两白菜都没搞清，现在还有五分钟第一堂课就要开始了。

硬着头皮进了一年级的教室。教室大概十个平方米，放了三排桌椅，用架子架着一块黑板，十来个孩子正叽叽喳喳，热火朝天地说话。我心里想着，课表写着这堂课是一年级的数学，等一下教

1+1 吧。

　　我做了自我介绍，发现孩子们都瞪着我。我让孩子们做自我介绍，这才发现乱开了锅，原来这些小孩子们一句汉语都不会说。不仅不会说，也听不懂。孩子们各自玩儿起来，打闹成一团，整个教室演变成午后动物森林。我的没教材没准备配合着他们的无组织无纪律，整个一鸡飞狗跳。

　　我没想法了，管也管不住这群野孩子，于是跑出教室，偷偷去看二三年级的情况。川云在教二年级语文，陈爸在教三年级数学。教室里都比较安静，好像没什么问题的样子。但不一会儿，教室里的孩子们就发现了在窗口鬼鬼祟祟伸脑袋的我，女孩子笑嘻嘻的交头接耳，调皮的男孩子朝我扮鬼脸。陈爸搞不定了，只能出来撵我。

　　"他们能听懂你说话吗？"我问陈爸。

　　"三年级能听懂，接受能力也不错。但有几个实在太皮了！"

　　我深深地羡慕起来："一年级，完全听不懂汉语……"

　　我走回教室，碰见正在以标准拉屎姿势蹲着给花花草草照相的思瑶，思瑶说，不如上美术课画画捏橡皮泥好了。

　　好主意！我找出了橡皮泥和彩色水彩笔，在黑板上画了小蘑菇，小花儿，小鱼。发给每个小朋友一张白纸，几只彩笔，还有橡皮泥。我把准备要做中饭的小茜也拉了来，和孩子们一起热火朝天地捏起了橡皮泥，并且要求他们把自己捏的东西画出来。这些个新奇的上课方法，引来了别的教室的小朋友围观。陈爸看了看表，索性宣布下课。上不下去课的他，跑来和小家伙们一起捏橡皮泥。（太无组织纪律性了！）

八戒和酷小胖同桌。酷小胖一直把橡皮泥藏在手心里，我走过去看，他就歪着头看我，不肯给我看他捏了什么。八戒傻乎乎地捏着，特起劲，还满教室地跑到我身边，把橡皮泥凑到我鼻子底下给我看他捏的东西。

看了一圈回来，酷小胖已经用棕色的橡皮泥捏出了一颗小小的蘑菇，颜色和形状都很逼真，就像真的一样。回首再望八戒，他的橡皮泥胡作一团，乌七八糟的一坨，正冲我流着鼻涕傻笑……

孩子们捏出了漂亮的蘑菇，太阳，和不知道是牛还是马的动物们。他们争先恐后伸着小手给我们看。

我的第一堂美术课，在围拥着我的人人都是艺术家的孩子的作品里（八戒的那一坨暂时就算他为现当代行为艺术吧），就这样圆满的成功了。

一年级的孩子们以听不懂著称，大家都不愿意跑一年级教室。我喜欢小一点的孩子，于是我主动负责起一年级的美术、音乐，以及和他们一起咿呀玩耍的业务，还担负起帮他们擦鼻涕的工作。简直就是令人头疼的鼻涕虫！

月底一到，孩子们很快就要放假了。高原上的孩子平常没有周末，到了月底放三天假。七月底八月初有虫草假，孩子可以帮大人一起挖虫草，这也是当地重要的收入来源。他们假期到来的时候，我们也就要离开了。

日剧《沙滩小子》里面说："到来就是为了离开。"话虽如此，还是使人相当伤感。最后的那一刻，其实是不想离开的吧。

午休的时候，孩子们问我是不是下午还给他们上课。我说是的呀。他们拍着手散开了。他们喜欢上我们的课，喜欢在我们的身边，看你写字，和你玩石子，给你看他的画，拿你的笔写字，看你的相机。这或许，就是那种所谓的"被需要"的感觉吧。

最后的一堂课，我一进教室，他们就拍起手，一直喊：汤老师好！！

我在纸上画了十二生肖，教他们说汉语的这十二种动物。让他们告诉我自己的属相。好多是属龙的孩子。最小的只有九岁，最大的是塞塔，十三岁了。

学校里的孩子来来去去。有的上完三年级就回家帮忙照料家里去了，有的上着二年级就不来了出家去了。

我让他们描述自己的家乡，家是什么样子的，最喜欢家里的什么？孩子们有的和牦牛关系好，有的和自家的狗是好朋友。我决定让他们到草坪上把家乡画出来。

孩子们因为可以外出，欢呼一片。

"不过出教室之前呢，你们答应老师，不会乱跑乱闹，不能大声喧哗，吵到别的教室的同学。"话音落下，孩子们都相互嘘起声儿来，沸腾的教室慢慢安静下来。他们真的是非常守信用的孩子。

这是多么美好的一副画面啊，现在想来都心动不已。下午四点多的光景，草原上的阳光已经不再那么暴虐，别的教室传来琅琅书声显得宽阔的草原更加安静。孩子们遵守了他们的诺言，坐着，趴着，在草地上认真地画着。我们正对着西边的玛尼堆，黄土堆成的塔和白塔相映，褪了色的彩色经幡和白色经幡随风涌动。

到了下课时间，孩子们还在继续画着。他们把画交到我的手上，争先恐后的告诉我他们的名字，我再翻成汉话教他们念。

翻起筋斗唱起歌

中午时分。吃过中饭，阳光晒得每个人都软塌塌的。养多老师，当周老师和藏医老师，和我们五个人，一共八个老师，坐在山坡上晒太阳。山坡下缓缓流过的小溪，正午时分河水依然冰凉。陈爸趴在地上，男孩子们围着他，还有两个坐在他的背上。

我躺了下来，视野周围是郁郁葱葱的草，还有各种颜色的格桑花。从这个视角里看，花和草都放大了很多，好像不再像从前那么卑微不起眼了。

忽然间我想翻跟头了。好像很久很久都没翻过跟头了。我走到高处，缓缓地滚起来，怕滚得太快控制不住，心想太久没滚都不敢滚了……滚着滚着就开心了，呵呵笑了起来，站起身看看有没有滚到牛屎。孩子们看到我翻跟头，纷纷在我身边也翻滚起来。

他们轱辘轱辘滚起来的速度可真快啊，蜷起来就像一个个小球一样，直接就冲着山下的小溪。陈爸急忙跑到溪边把他们一把抱住。

53

比较起来，我的速度就慢多了，我慢慢地滚到溪边，然后把像球一样落下来的孩子们一个个接住。

孩子们更来劲了，一趟趟往山坡上跑，再滚到溪边。这个场面就和花果山一样，小屁猴孩儿们无处不在，精力旺盛。

下午的最后一堂课依旧阳光大好。我们把三个年级的小朋友都叫到了室外来上活动课。别看孩子们汉语都不利索，一听去室外，个个都懂了，争先恐后地跑出教室。三个年级三十个人左右，在校舍前排的大草地上围坐成一圈。我们玩起了丢手绢，由于没有手绢，随处可得的石子便替代了。大家跑得气喘吁吁。轮到刚嘎五兹扔手绢，他慢悠悠的跳着步子，时常做个鬼脸，碰碰人家，让别人以为他把石子扔在了自己的身后。等到真的追了起来，他又特实在地跑了三五圈也不坐下，最后被抓到了。

他特乐呵，看来是很想为大家唱歌。刚嘎五兹像站在舞台上一样挥挥手，冲着观众笑，拉起场外嘉宾大牙哥。两个人像旭日阳刚组合似的，站在圆圈的中央，放声唱起了歌：

"我要去西藏

我要去拉萨

路途多遥远

啦啦啦啦啦"

这是一首藏语歌，歌词我们听不懂，当周老师讲给我们听。刚嘎五兹歪着身子扯着脖子，头仰望着天，唱到高音部分他的脑袋更歪了还直伸手，舞台形象相当摇滚。大牙哥唱得很认真，脖子上的青筋直暴，大门牙越发显得明显了。歌声真嘹亮。他们的歌声唱得豪迈动人。

轮到我们给小朋友们唱歌。思瑶，小茜和我，站在圆中央，唱起了娃哈哈。

"我们的祖国是花园

花园里花朵真鲜艳

温暖的阳光照耀着我们

每个人脸上都笑开颜

娃哈哈呀

娃哈哈呀

每个人脸上都笑开颜"

天地实在太广阔了，我们很用力地大声唱着，声音还是被稀释了。远处藏族小伙子开着的摩托车放着藏语歌曲，瞬间就把我们的声音给埋了下去。

孩子们从来没听过这首歌，他们听得很认真，最后竟然和着我们呜呜呀呀地哼了起来，把这首歌变成了一首大合唱。我们的声音终于响亮起来。

轮到男老师了。陈爸，川云还有当周，他们竟然扭扭捏捏，大姑娘似的，推脱说自己不会唱歌。小屁孩儿们也帮着我们起哄，"一二三四五，川云老师来一个，五四三二一，当周老师来一个！"

实在推脱不下去，川云代表男老师，唱了一首《我的中国心》。我们私下笑成一片，不仅仅是他唱歌走调儿，还有那个范儿，思瑶说："这实在太川云了，又红又专，高举大旗。"

思瑶和川云去年贵州支教就已相识。他们去的是黔西毕节，贵州是全国最穷的省，毕节是贵州最穷的地儿。据说思瑶和川云还打了起来，川云过于严厉地管教了不听话的孩子。思瑶便去了孩子家，替川云去道歉。川云心气很高，认为就是要给孩子树规矩，要对他们进行爱国教育，不肯服软。

小茜听着这八卦直眨巴眼睛，陈爸听完八卦就去刻他的石头了。陈爸在水里摸到两块漂亮光润的石头，准备学藏民把六字真言什么的刻在上头。只有我和思瑶很啰唆的七嘴八舌地劝川云，思瑶和他解释山里孩子的天性，要顺着他们的天性来。我则添油加醋地说："你看李思瑶这种野人你就知道了山里的天性是什么了。"

我们并不想搞什么伟大主义，支教并不是赋予了我们感动自己的崇高道德以凌驾于孩子之上。如果是这样，最后失望的还是自己吧。

我从这些孩子身上，看到了我没有的童年。追着风跑，成长在蓝天白云，大地山涧。这里的成年人简单质朴，笑容干净，眼神清澈。很多时刻，我觉得我没有资格告诉他们，我过着比他们更好的生活。

绣着彩鸟金花的可汗帐篷的夜晚

下课后，陈爸和孩子们一起在草地上玩耍。陈爸不仅是狗帮帮主，还是孩子王。我们七倒八歪地坐在草地上晒太阳。土路上有时轰隆隆的开过摩托车，开车的藏民大声放着藏族歌曲。

轰隆隆的声音再次响起，远处开来的是一辆小皮卡。孩子们看见了一哄而上，身手快的爬上了车，爬不上的就跟在车后面跑。大家吆喝着，特别热闹。小卡车开近时，我发现小卡车上站着的是萨美寺接待我们的那两个小沙弥尼。

车在学校边的那片山坡草甸上停了下来。我们纳闷着这到底是要干什么，孩子们都跑着爬着上了山坡，拖着白色的布还有一些什么。不一会儿，小家伙们七手八脚的帮小沙弥尼搭起了一个大帐篷。

帐篷像可汗的蒙古包一样，白色的底，上面有着艳丽的金花和彩鸟的图案，在一览无余的山坡上，骄傲的站立着。帐篷里铺上了厚厚的毡子，据说晚上会冷，老师们和萨美寺的小沙弥尼帮我们凑了半天，找出了好多毡子。

我们都觉得很酷。进帐篷的时候，我兴奋地手舞足蹈，倒在厚厚的毡子上翻来滚去。

第一个帐篷夜晚，让我们终于知道了什么是梦想和现实的距离。晚上的山里异常坚冷，气温在零度以下。厚毡子一下子就显得于事无补，套了睡袋还是冷得哆嗦。我们起来把能穿上的衣服都穿上，在睡袋上盖了羽绒衣，在和带着巨大冷酷寒意的夜神的搏斗中渐渐睡了过去。一夜下来湿气渐重，清晨露水湿润了整个帐篷。

第二个晚上，我们早早把防滑气垫拿了出来，充完气垫放在毡子上，这样至少可以防一些湿气。可没料到的是，帐篷搭建在山坡上，睡着睡着垫子便往下滑。早上起来，我们几个人睡得狼狈不堪，半个身子七仰八叉的在气垫外，保持着下腰头点地的瑜伽桥式姿势。睡得腰酸背痛。

好几个夜晚，山里下雨，越下越大，感觉着帐篷里渐渐进水，越来越湿。我们几个屏住呼吸听雨，睡是怎么也睡不着了，山里的雨声那么响亮，哗啦啦哗啦啦，仿佛全世界只有这一种声音似的，这世界最强音直接打在了我们的心脏上，太疼了！您能不能别再下了，再下我们就要睡在小溪里了！就这么听着雨声，心里拔凉拔凉，忽然听见陈爸说："你们听见那个声音了吗？"

"什么声音啊？除了雨声还能有什么声音啊？"

"鬼吗？"川云把声音弄得贱兮兮地说。

"川云你才是鬼呢！"李思瑶中气十足地把他打了回去。

"狗在叫吧？"小茜说。

"阿怂它们这种下雨天都在哪里啊？要淋一夜雨，挺惨的。"忽然想到可怜的狗先生们，觉得有点于心不忍。

"你们别打岔！仔细听！"陈爸听起来有点着急。"是有笃笃笃的声音嘛？"

"我靠！"刚才一直在黑暗里装神弄鬼的川云很凄惨地大叫了一声："是鸟！鸟在啄我们的帐篷顶！！"

真是屋漏偏逢连雨夜！哦，不对，是雨夜偏逢鸟啄屋！我们都噌噌坐了起来，打着电筒照帐篷顶，陈爸和川云开始在四周摸石头，拿石块对准了从里面砸，吓走这些鸟。（这些鸟究竟是个什么想法啊？）。等我们忙完一圈，竟然听见了思瑶同学的呼噜声儿。她简直是在风里在雨中都不凌乱的"睡神"啊。

从此以后，我们的帐篷里常备石块儿。

不过，某个早上，"睡神"也被吓到不淡定。帐篷里常有一些草里的昆虫，不过高原地区，总体来说，昆虫的种类和数量还不算可怖。早上大家睡得都迷迷糊糊，忽然听见睡在帐篷最左边的思瑶凄惨地大叫："啊啊啊，那是什么是什么啊！！！"

我们对帐篷里出现的昆虫基本做到了熟视无睹，虽然一开始还有点怕。不过这一次，竟然是——一只大老鼠！自此以后，思瑶每天晚上提心吊胆地担心老鼠咬她的大脏辫当食物吃。

后来我们才和这种小动物渐渐熟络起来，发现它们漫山遍野都是。一开始川云和我还争辩。它的体型很小，却长着长长的耳朵。川云说是兔子，我说是老鼠。只要在草场上看到它，我们就要争论一次。

"呀，思瑶的大老鼠又来了！"我看到它探头探脑地出洞。

"那是兔子啊！汤姨！"川云阴声尖气的喊我汤姨。其实长得最着急的就是他自己。

"是老鼠。"

"你见过老鼠长那么长的耳朵吗？"

"这个体型完全就不是兔子。"

······

后来经过藏民的知识普及之后，才知道它竟然叫作高山鼠兔。我俩都没错，也就握手言和了。

鼠兔对草场的危害很大。开始注意它了，便发现它满山都是，太多了有点密集物恐惧症。不过在走路去西藏的公路上，看到了一只沿着公路路障爬的小小鼠兔。它显然是迷路了，来到了坚硬的公路上，拼命想爬过路障，回到山里。我们一群人对着他又是笑又是拍照，那个时候我和川云还没有握手言和，拼命争论它到底是鼠是兔。蹲下来拿小树枝拨弄它，它就贴着一掌高的路障，使劲往上爬，怎么爬都爬不过去，然后就掉下来。它长得其实挺可爱，像一个小玩具，耳朵圆圆大大，鼻子一动一动的，眼神里尽是惊恐。最后川云拿着小树枝把它引过路障，它就撅着肥屁股，欢天喜地的进山回家了。

动物哪有好坏，它们只是在努力过着朝花夕拾的短暂生命而已。即使属兔对草场有危害，藏人也从没有想过要消灭它们。藏人连苍蝇都不杀。生命在这里，绵长而不绝。

回到我们帐篷的话题。

刚开始对帐篷很新鲜的时候，中午想在里面午睡。刚进帐篷就直接背过气去。气温三十度的午间，帐篷里至少三十五度以上，简直就是一个桑拿房。阳光穿过白色的帐篷，使整个帐篷变成了金红色，仿佛一团火焰，感觉厚毡子上都冒着小火苗。

对比起晚上睡帐篷就和睡冰柜里一样的待遇，真是赤道和两极一般的两个极端。

几个晚上下来，思瑶、川云、陈爸都纷纷有点感冒了。我和小茜看上去娇气，竟然没有感冒。

夜谈会"卫国"之谜解

夜晚降临得很晚，天要到九点以后才会黑下去。我们黑灯瞎火地爬进自己的帐篷，钻进睡袋，开始了漫长的晚间。

卧谈会总是很八卦。

"陈爸，我们的陈妈你找到了吗？""对啊对啊，一，二，三，四，五，六，七姑娘里面到底是谁啊？"三女生很来劲，你一言我一语的八卦。

陈爸是那种高大安静的人，孩子喜欢他，我们女生喜欢他。东西他来提，锅盖他来修，牛角他捡给我们。有他什么都很安心。陈爸一定是很专心用情的人，硬生生给我们弄得风流倜傥起来，非要他从莫须有的七个姑娘里挑一个。

"哎，我就喜欢一个姑娘啊……我正追她呢。"陈爸的声音听起来挺害羞。

"你们干吗老说陈爸，我看小茜那天在山顶拼命打电话，那肯定是他男朋友。"川云看不过去，转移了话题。

他成功了！我们纷纷咋呼，"小茜，倩女幽魂，哇，小倩喜欢的人岂不是宁采臣嘛！"

"采臣哥哥，采臣哥哥有没有被小茜制服？"

小茜一副贵州女孩泼辣无比的样子："那还用说，他敢不听我的！"

大家欢乐了一阵子，思瑶忽然说："你们都有喜欢的人，多好啊。"

我立刻嗅出了她装伤感的意味，问："思瑶你肯定有男朋友吧？"

"哎，我的没什么好说的。"思瑶难得扭捏起来。

我和小茜一听来劲了，开始狂轰滥炸，三分钟一个手雷五分钟一个扫射，两爷们儿完全听不下去了。

陈爸说："思瑶我听不下去了，你就招了吧。"

川云说："你们女人真三八。"

我说："三八怎么了，三八永远二十四。"

小茜说："我还没有二十四！"

这些嫩仔，真讨厌。

思瑶哼唧着，思瑶同学竟然也有不好意思的时候！要知道她的脸皮是城墙级别的。"嗯，我和他从小就认识。高二的时候谈恋爱的。""高二？你们早恋嘛！"我一边想着自己的高二，奋笔疾书每日学习还拒绝了对我表白的男生的样子，一边愤恨地感受着九零后们的恋爱观和人生。

"他后来交了男朋友……哎……我觉得搞艺术的人都很奇怪！"

"啊？？？？"在黑黢黢的帐篷里我感受到大家快要瞪出来的眼珠子发出了白刷刷的目光。"男朋友？？？"

"不过，你自己不也是搞艺术的，你也够奇怪的。"我说。

"呀呀呀呀！"思瑶在黑暗中张牙舞爪地向我扑来。

"不过，女儿你也太没有魅力了，你的男朋友和你在一起之后……就喜欢男人了！"陈爸没忍住笑，他难得这么毒舌。

"呀呀呀呀！"思瑶已经被我们打败了。

川云在一旁啧啧："太狗血了。"

"啊，我知道了！那天进山的车上，思瑶你大喊那谁谁谁去死吧……是谁来着……卫国去死吧。那个人的名字叫卫国！"我忽然想到了那天思瑶大喊去死吧的情景。

大家纷纷发出了："哦！""噢！""喔！"的声音。

"不是卫国啦，不叫卫国啊，我没有喊啊！"思瑶已经完全溃败了。"哎呀呀，别说我了，川云的女朋友还是去年贵州支教时候泡的呢！"

大家一听箭头又纷纷倒戈去了川云那里。

大家唱起了歌，在寒冷夜色中，显得很温馨。

川云说："姑娘们唱个晚安小曲儿吧。"

思瑶一张口就把我们全都雷焦，她唱的是《北京的金山上》：

"北京的金山上光芒照四方，毛主席就是那金色的太阳，

多么温暖，多么慈祥

把翻身农奴的心照亮

我们迈步走在

社会主义幸福的大道上

嘿巴扎嘿"

思瑶唱到嘿巴扎嘿的时候，我们终于理解了这首歌的应景性。

这个做晚安曲有点太重口了。

我唱起了张震岳的《小星星》，大概因为他也是少数民族的缘故吧：

"天上的小星星

在夜里很美丽

就像你的眼睛亮晶晶

月亮就是我

照亮你的心

温暖你的心

你是小星星

陪在我身边

永远不分离

哎哈嗨啊哦哈嗨 噢喂哈嗨

娜鲁湾呐咿呀哦嗨呀"

夜渐渐安静。正如费尔南多佩索阿的诗句：巨大的寂静像一个熟睡的神。生命溢过我亦如小溪漫过河床。

马先生的名字是小马哥

某一天，我们帐篷边多了一匹马。这只马是吉曲乡萨美寺的财产，放到露天喂养。藏民有着虔诚的宗教信仰，每个村都有自己的寺庙，寺庙的住持就是当地的活佛。我们这次支教的前期也是和萨美寺的活佛进行的联系。

萨美寺的沙弥尼帮我们在学校旁的山坡上支起了一个帐篷，作为我们的宿舍。那一片山坡的草甸都是寺庙的财产。藏区的每一家每一户有自己的草甸，自家的牛羊马儿去自家的草坡上吃草。

从学校的位置望向四周，全都是草甸，一望无际，以平缓的角度向上延伸为山坡。马儿拴在帐篷边的桩上，至此开始与我们为伴。

早上看见它很安静地低着头吃草。大家都睡眼惺忪地去溪边刷牙了。

中午看见它抬头看着天空。思瑶慢慢靠近它，以标准的拉屎姿势给它拍照。

黄昏时分天地分明，它好像看起来也有点忧伤了。我站在山坡上，看了它两眼，钻进了帐篷。

之后的每一天，我经过它，都要和它打一声招呼。"你好啊，小马哥。"

午饭过后，老师们一同上了半山坡。大伙儿们谈论着这匹马，说它已经年老了，所以放养在无遮挡的草甸上。我瞧它皮色在阳光下依旧散发着健康的棕色，就像和老外们在海滩上晒成的古铜色皮肤一样，并不觉得它老。

川云直呼想骑马。于是当周走了过去，开始慢慢安抚马儿的头，并且让它能看见自己，他好像还在口中念着些什么和它低语。马儿在他的安抚下很乖，好像和当周认识了很久一样（其实当周和小马哥并不认识）。然后当周扶着川云上了马。川云抖霍霍的骑了两步，就开始在马背上叫着："哎呀，没法停下来啊！"对马的背景脾气都不太清楚，所以川云有点怕它失去控制。

这时，当周老师一跃上马，潇洒地在草场上飞奔起来，和刚才川云驴子拉磨的速度完全是一天一地。青山蓝天之中，马尾飘扬，煞是帅气。我们像看武侠电影似的拍手称好。几圈之后，当周紧拉马鬃，马便乖乖停下。

川云不服气，想如法炮制。结果却控制不住，马儿一路慢悠悠地往山上走去，也不肯停下来。就像吕洞宾骑着小毛驴那样，马儿走到山的转弯处，川云大仙般慢慢消失在我们的视野里，把我们笑到内伤。

　　我们在无限延展的草地上，或坐或躺，相互聊着些什么，伸头去看草地上的小生物，随手拍下躺着时看到的微微绽放的紫色小花朵。孩子们在山里为我摘了一束小花，黄灿灿的散发着金色的光晕。那个午后明丽的阳光，哈哈大笑声留在热烈的空气里，听见脸瓣里啪啦被晒爆了的声音，也丝毫不在意。

狗先生里的阿怂

野狗帮和黑社会似的，天天在附近闲逛。

第一天，我和小茜爬山时被嗷嗷的狗叫声吓得仓皇逃回，以为是厉害的藏獒角色，后来发现，原来是这群野狗天天成群结队，和狼似的清晨夜里都嗷嗷地对天嚎叫。刚到时，这群野狗的架势把我吓得不轻。过了和这一票丐帮野狗互瞪互防的阶段，才发现，这些狗们从来只对狗叫，不对人叫。有的时候，它嗷嗷地冲我叫着，我一回头就能看见我身后还有一只野狗，也唔嗷嗷地叫了起来。它俩的目光直接漠视了站在当中的我，各往两边踏了一步，越过我，继续嗷嗷叫起来。像球迷对阵呐喊似的。

藏民心善不杀生，当周老师平常都会用剩饭喂这些狗。

这些狗当中，有一个小黑，尾巴短了一截，全身乌黑，毛都揪在一块儿。别的野狗虽然也都挺脏，流浪汉似的，但都很有范儿，高原残酷的环境造就了它们铁骨男儿般的本质，犀利哥那种。只有

70

它，眼神哀怨小心翼翼。每次剩饭一倒，别的狗都一拥而上，硬生生把它拦在外面。它只能站得远远的，根本连看都看不到食物。它似乎不合群，会受到别的狗的排挤和欺负。因为这样，所以我们都叫它阿怂。

当周看它可怜，会单独倒一些给它吃。当别的狗上来抢，当周会把那些狗赶走，站在它边上等着它吃完。

这些狗先生们总是跟着我们。吃饭时它们交错有序地围在一旁，洗碗时它们浩浩荡荡地站在小溪边，上厕所时它们也一支队伍不紧不慢跟着。当周和陈爸是典型的狗爸，走到哪里狗儿们就跟到哪里。

一日下午，我上完第一节课，抱着书回到当周老师的宿舍（当周老师的宿舍是厨房、水房、体育用品摆放室，我们来了之后同时也变成了白天的备课室，孩子们自由进出找我们玩儿的玩耍室。）刚才还阳光爆裂，一幅晒不死你不罢休的样子，这一会儿天上细细密密下起了雨。天色依旧很亮，还未暗下来，不过仔细一看，这哪里是什么雨，分明就是一颗颗小冰雹。这个时候，天色大作，已然全暗，冰雹越下越大，已有黄豆那么大的倾盆而下，把我们这站在屋檐下的几个人给看傻了。这可是人间七月天，一年中最热的季节啊。而这里的山野，说下冰雹就下冰雹啊。

一个钟头后，一阵风过，刮走了暴虐的云层，阳光重新显现，好像从来没有下过冰雹一般兴高采烈地照耀着大地。草甸上的水闪着剔透的光，似乎才能找到一些刚才真切发生过的那一幕的证据。

我想此间山野里的野狗先生们应该会有很凶残的一面吧。虽然和野狗帮渐渐相熟，却还是忍不住这样想。自然环境如此恶劣，这里的冬日冗长无边，夏日晴雨无常。它们在没有食物的时候一定会抓那些到处都是的高山鼠兔生吃吧。它们并不是驯养的狗，却似乎和人类有一种相互尊重的关系。

洗澡是需要勇气的事儿

刚到山里的时候，听川云说，萨美寺门前有个小塘子可以洗澡，也可以到小溪里去洗澡，我跃跃欲试。在夏天的阳光中，没人的小溪里洗个澡，洗去一路上的风尘仆仆，想想多惬意！大自然啊美丽阳光啊快乐心情啊……以后每一天都可以这样洗澡的想法最后证明是一种痴心妄想。

已经两个礼拜没有洗澡了。我们似乎也习以为常。我和小茜会擦一些防晒用品，其他三人则完全进入烤猪模式。每个人都黑了不等的色度。如果我是小麦色，小茜是古铜色，那思瑶和川云就已经是炭黑色了。都晒得和包公似的了，还不肯擦防晒霜。

我对川云说，你的鼻子爆皮了。他一幅不值得一提的样子。小茜给思瑶防晒霜，她跳着躲开，做出金刚一样捶胸的动作，大叫着："我是野人，不要防晒霜！"看到这种情景，我简直觉得风在吼马在叫，英雄儿女多奇志……

川云一日早上爬山回来，跟我们说，自己在萨美寺边上的那池湖水里洗了个头。听得我和小茜皮都痒了。他说明天早上他要起个大早，趁湖里没人，去那里洗个澡游个泳。我和小茜动了心，起了和他一起去的念头。忽然反应过来，这可是要去洗澡啊，怎么可以和川云一起呢！二来一大早气温在零度左右，洗澡的话会被冻死吧。但如果不是一大早，这个湖在公路边不远，又临着寺庙，这太容易被看光光了吧。想来想去，我和小茜还是放弃了去湖里洗澡的愿望。

午后我和小茜都没有课，两个人一直想着川云说的洗澡的事儿。于是一合计，趁阳光正好，我们决定沿着小溪往山上走，找到小溪支流的隐蔽处洗澡。我拖上了可以在溪边支起来换衣服的帐篷，小茜带上洗发膏沐浴液和毛巾，我们就上路了。

沿着小溪走上山路可真难啊。草地上有很多暗流，一不小心就踩到了泥。不一会儿，脚上已经全都是泥，太阳很晒，汗都湿了后背。走啊走，走啊走，这溪水一路笔直，前无遮挡后无掩护，我俩已经累得默默低头互不言语了。

溪水忽然转了个弯，落入了一个小山坳，回望已看不见山下的路，站着时还能看见山顶一户藏民家，蹲下就什么也看不见了。终于找到了我们的澡堂子！我俩欢天喜地地支起帐篷，哼着小曲儿唱着歌儿，忙不迭地跳进了小溪里。

跳进去的一瞬间，我的脸色为之一变。我听到小茜嗷嗷叫起来的声音："好冰好冰啊！"原来哪怕是正午阳光下的溪水，温度依然很低，简直就是冰凉。这溪水一定是高山雪水融化、从天上流入人间的泉水吧。

我只能半蹲在小溪里，每一次用毛巾把溪水泼到身上，都要咬住牙根，把脸皱得跟揉过的餐巾纸似的。而没有被溪水冲到的皮肤，裸露在高原灼热的阳光下，晒得烫烫的。再把水泼到被晒的皮肤上，我就像往桑拿室里烤热的石头上浇上冷水，都能听到"滋滋"的声音。冰火两重天啊。

等洗完了擦干，半躺在帐篷里看山峦蓝天晒着太阳，那个感觉，又像是在天堂。

等小茜也洗完了，我俩准备收帐篷回。哪知道这个帐篷打开时方便，会直接弹开，收起来需要用力压住扭成一个圆形，非常费劲。我和小茜费了九牛二虎之力，也没能把它这个妖孽收服。我俩拖着收了半耷的大帐篷，跋山涉水，穿过暗流，回到学校时已然出了一身大臭汗，这个澡简直白洗了。

在村里穿短裤

小茜和思瑶忽然就和当周老师混熟了。

当周的家乡是青海黄南藏族自治州，也是山峦壮美的地方。大学要求民族学院的学生都要到山区进行半年的实习支教。我们刚到的时候，他很安静，并不和我们说话，酷酷的样子。

一日课间，他们仨坐在室外的桌边懒洋洋的晒太阳。当周问坐在一旁的小茜和思瑶："老师，到这里教课你们有什么感想吗？"小茜特认真说着自己的感想："我觉得来到这里的确给我带来很多思考，比方这里的孩子上课的确非常不容易……"当周频频点头，小茜话还没有说完，当周就忽然从不知道什么地方掏出一本厚厚的教学总结本，说："小茜老师你说得那么好，你帮我写吧！"

原来教学总结本是他们大学实习支教的作业——一本教学备课资料和数千字的教学感想。

原来当周老师并不是不苟言笑，他相当会撒娇卖萌的嘛！他笑起来的时候牙齿雪白，还有点害羞呢！

自此以后，当周对每一个人都说了这一句台词："老师，你有什么感想？"当然我们人人都上了他的套，完成了他的苦力作业，然后他露出洁白的牙齿有点害羞有点坏的笑了。

有一日我穿上了在囊谦县城买的鹅黄色半截中裤，引得孩子们都看着我。当地人没有人穿短袖露膀子，更别说短裤露腿了。即使是这样的夏天，孩子们穿得也挺多的。拿纳木错来说，最外面的校服是统一捐献的，所以一年四季都不换的套在外头。里面是一件旧到有点发灰的毛衣，再里面还穿着紫红的花色高领棉毛衫。就算是在城市里念书挺久的当周老师，也穿着长袖长裤，不似我们白天都穿着短袖。藏民们好像既不怕冷，也不怕热。

有一日正值下课时分，孩子们都在草坪上奔跑嬉闹，这时小茜穿了一条牛仔热裤站在了草坪上，刚才还热闹非凡的草坪一下子安静了。我们完全没反应过来，还在各忙各的：说话的说话，掌勺的掌勺，过了一会儿感觉到气氛诡异。刚才分贝数最高值的草地一下子静音了，孩子们都看着小茜，眼神好奇惊讶。我看看小茜，又看看孩子，这个时候当周老师终于面露尴尬地走了过来，轻声对小茜说："小茜老师，你还是把裤子穿起来吧。"

小茜从此落下了一个"不穿裤子的小茜老师"的称号。

上得山顶抢信号

下午，川云要上山刷微博。我和小茜想打电话，于是和川云同行。

我们爬的山，是第一天到村里我和小茜爬了几步就被狗叫吓回来的那一座。山看上去并没有多高，却延绵着很多的山头。我想爬半个来小时，顶多一个小时，也就差不多了。

走了一截，开始下起了雨。头顶着蒙蒙的一片乌云，越聚越多越聚越大，地越来越湿滑，气温也越来越低，伞被风吹得东倒西歪。我们把搭在手上的羽绒衣都穿了起来。本来感觉很近的山头在爬了一个来小时后感觉仍然还在那里，不近一分不远一分。这种路真要命，像走在沙漠中一样。

又冷又湿，我心里渐渐打起了退堂鼓。我问小茜："你还想往上爬吗？"小茜看着我，眼神坚定，她说："上山。"

她的勇气让我不好意思起来，收回了想偷懒的想法，我数着脚下细细的野花，想着这个是不是格桑花？埋着头看草堆上鼠兔拱出的小小山包，一边分散着我好累啊的想法，一边一步一步往上爬。

终于爬到了山顶。足足爬了近三个小时。

川云指着一堆石头，告诉我们，只有这些石头附近才有信号。石堆大概只能站两个人。养多老师骑摩托带川云上山的时候，告诉他这里抢到的是西藏的信号。由于信号不稳定，找到信号就不能乱动，稍微转个身，信号又虚无缥缈地离开了。在这里，信号这个东西就如同歌剧魅影，神秘极了。

山上非常冷，保持一个姿势不动，很快手都被冻僵了，冻得连电话键都按不下去。最郁闷的是，当我拿出手机，发现它又再次漏电了。刚才还满格的电在这里只剩下一格，很虚弱地支撑着。没打几分钟，我手机就高原反应地昏了过去。用小茜的手机打电话让好友帮忙定回程的机票，竟然因为是陌生号不停地被掐掉。我心中脑内万马奔腾，只能哆嗦着被冻僵的手发短信：蓝子你能不能不要那么绝情啊！老娘我爬了三个小时的山，在零下的温度里给你打电话，你竟然掐掉！

如果就爬山的目的——打电话这件事来说，我可以用完败来形容了。

但是这山顶，天和地都和你一起，远方出现最后的亮色，雨在什么时候已经停了。乌云散开，左边山头的牛羊在山的顶端，一星一点，依稀可辨。这山巅一刻，开阔极了，所有付出全然值得。

摩托日记

　　青海的日子里，思瑶并未上很多课，主要任务是照顾我们的后勤，掌勺做大厨。这源于她在贵州的一些困惑。她说孩子们很喜欢这些支教老师，在他们离开后，依然很依赖他们，有一些孩子每天都要打电话汇报作业考试情况，如果没能接到有些孩子就会发火，甚至还说出了狠话。我想，贵州多留守儿童，父母不在身边，所以他们更需要爱，会表现得更没有安全感。对支教者而言，随之而来的是一份责任，如何去平衡引导孩子们的依赖，分享回馈孩子们的爱和信任，都是成熟的人才可以做好的吧。为此，我们都要做一个有所承担的成熟的人。

　　每日的午餐，思瑶做的分量都很足，邀藏族老师们一起吃饭。老师们总是推托，就算吃的话也吃得很少。一开始我们以为老师们不好意思，和我们客气。后来才发现，他们吃完饭以后自己再偷偷吃酸奶拌青稞。原来是吃不惯，老师们肯吃思瑶做的饭才是客气……

后来当周做饭，我们这才知道，饭竟然是能做熟的。我们一直被思瑶忽悠，每次情景如下：

很不好意思地问："思瑶啊，你这饭怎么……有点……嗯……有点夹生呀？……"

思瑶拿着锅铲叉着腰："夹？生？这饭单然是夹生的了！（云南人"当""单"两个音不分……），因为这里是高原啊！沸点低啊！你们有没有文化啊！！"

于是大家默默低头吃饭。谁也不说她做的饭夹生了。

我们也尝了尝藏族老师的酸奶和青稞面。酸奶实在是太酸了，很厚，还带着很重的腥味儿，据说都是刚挤出来的牦牛奶做成的。青稞面更是一个大坨坨，吃一点蘸一点水，一点点面就吃得很撑了。看来要让我顿顿中饭都吃这个，我也只能客气了！

午饭过后，养多老师他们问我们要不要喝酒。

吉曲这个地方因为某些宗教规定，不允许卖酒。所以我们要开着摩托车去西藏买酒。

我跨上了当周的摩托车，养多老师带着川云，藏医老师带陈爸，一行六人出发了。开出村子要翻一座平缓的山，上214公路，藏族爷们儿把车开得飞快，我那个心脏也跟着颠簸的公路上下翻腾。

川云继骑马之后，又跃跃欲试地要骑摩托。连比画带骗的把一脸不放心的养多老师骗到了后座上，也慢悠悠的开了起来。川云好奇心特别强，什么都敢试，什么山都想爬。开到黄色瀑布边，水泥柏油路结束，接下来的都是土路。老师们指着延伸的黄色土路说，西藏到了。青海段是公路，西藏段是土路，这里就是分界线了。

摩托车轰轰响起，我们一下扎进了西藏。云和天空都非常明丽，山间有瀑布，从很高很高的山上潺潺而下，清白一股。经过时，我和骑车的当周都忍不住抬头望向顶上。到卡桑甲水电站的村落后，忽现一片开阔之地，当周老师指给我看一片接着一片的青稞地。青稞地接着滚滚江水，那应当就是澜沧江的一瞥。

在路上很有悬崖山路飙车的感觉，当我们的车超过了陈爸和川云，我拼命和他们打招呼。

进入类乌齐县，西藏的昌都地区，经过的村落都没有酒卖。最终在一个街边的小铺子里买到了三箱啤酒。藏族的汉子们把车停在一旁，开了一瓶就递了过来，我还在惊讶，这么就喝起来了？养多老师一仰脖子，已经喝了半瓶。

我们坐在草地上，晒着太阳，喝着大中午的啤酒。川云醉心用手机发微博，我和陈爸热烈讨论着说这里真是没有醉驾的概念啊。

喝够了之后，回程的路开得快了许多，我和当周把他们都甩在了身后。迎面而来装备齐全户外摩托车队，急转到了青藏交界。

当周停下车来等他们。我们坐在路边聊天，等了好一会儿他们也没到。我俩默默无话，背靠群山，面朝湍流，头顶蓝天，一条公路艰难但安静地通向远方。

车轰隆隆的声音渐进，养多老师他们终于来了。原来他们也碰见了和我们迎面而来的摩托车队，有一个人开着车睡着了，他们看着这人直接翻到了沟里，便帮忙把车和行李扶起来，幸好人没有大碍。聊了一会儿，这群人是从新疆骑摩托进藏的驴友。

回去的途中，我们在一个小店停留。川云坐在摩托车后垫上，对着摩托车的后视镜照了照。由于我们在那里不洗澡不洗头，所以大家对照镜子都没什么兴趣，几天不照镜子很正常。

忽然听见川云"哎哟喂"了一声，捂住了鼻子，原来他终于发现自己的鼻子上的皮全爆掉了。我几天前和他说的时候，他一副不值一提的样子，现在却连声说："我的鼻子，鼻子，好疼，好疼啊！"

这个反应速度慢到够恐龙级别了。

小店里的藏族大妈把糖塞到我们手里送给我们吃，拨开荧光色的包装纸，绿色的硬糖甜甜的。

走路去西藏

放假了。孩子们一下都不见了，心里空落落的。

大家收拾停当，把牛粪扔进炉，活儿计弄完。中午十一点过后，我们决定翻山越岭，走路去西藏。

养多老师在我们刚到的时候，就指着远方金光笼罩的山头，告诉我们，那里是西藏。望着那个山头，觉得好像走一个小时就能到了，地图上看，我们离西藏的昌都地区就黄豆粒那么点距离，可以以步丈量。

出发时蓝天白云，碧地青山，心情也似《西游记》里的师徒，辽远豪迈。

不一会儿头顶乌云渐起一直跟着我们。感觉不妙，还没等走出村落的山头，雨一瞬间就噼里啪啦下了起来，真是出师未捷先落雨啊！川云此刻正在路边的坑里上厕所，一下雨我们都跳进了坑里，害得川云直叫唤："你们文明一点，文明一点啊！"坑边是一处泄洪管，穿过路的下方，正好可以躲雨。泄洪管的另一头则通向不远处的河里。

我们在管子里像鼹鼠一样，坐着聊天。雨越下越大，水渐渐流进管子，我们站了起来。又过了一会儿，我们只能蹲在管子的一侧，让水从脚边流过。川云不知从哪里找来了一块板，架在水流上面，悠闲地坐在板上。

几分钟的工夫，忽听川云大叫一声："我靠！我的裤子！屁股湿了！"这时雨水卷携着泥沙，湍流不息地哗哗而过。我们左躲右避，都没法站稳，最后五个人整齐划一地蹲起了马步。

大家像练神功似的，丝毫动弹不得，这雨却一点也没有要停的趋势。我们的马步越跨越大。思瑶把手掌贴在我的背后，说："我给你运功，帮我打败罗川云！"瞬间风在吼马在叫英雄在咆哮……我们只能撅着屁股揉渐酸的腿，还要揉笑得岔了气的肚子。

在我们差点要劈叉之前，雨及时地停住了。爬出烂泥地的我们，简直就跟天津名小吃驴打滚儿一个效果，泥打滚儿。

我们头顶的乌云飘到了另一座山头，想来那里正在阴云四起，风大雨疏吧。刚刚还在我们这方肆虐的倾盆大雨，就被一阵风，一股不知名的力量带走了，此刻阳光普照。

214国道穿过青海、西藏昌都，到达云南。川云和思瑶都说，这条路经过他们的故乡。路从崇山峻岭间劈斩而过，依着潺潺的山涧，蜿蜒向前。远山边，似有狼嚎。小沙弥穿着红衣在山间跳跃如小火苗，欢乐地在山上奔跑着。一秒不注意，就找不到他们了。下一瞬间发现他们已经在山下一泓湖水的对岸看着我们。我们扬起手打招呼，他们也羞涩地嘻嘻回应。

去西藏的路上，我们很兴奋。在广阔的公路上高高跳起，左跳右跳，你跳完我跳，咔咔咔拍照，七手八脚拍了很多跳跃浮空照。

山边的野花丛中，川云发现了很小个儿的红果子，野草莓颜色艳丽，他和我摘下来就吃。其余几人纷纷表示：你们就不怕中毒！

看来我已经完全习惯了海拔四千米的高原藏族生活了。

在无尽山路十八弯当中走了数小时之后，我们已经不再声响喧哗，只能默默前行渐渐力竭了。小茜开始问川云，我们还要走多久啊？

川云画大饼："只要走到前面的那个村子里，就有馆子了。我们就可以下馆子吃一顿肉了。"听到肉，小茜和思瑶两眼发光。只有我和陈爸心里明白，我们不过才走了到西藏买酒时一半的路。而且就算到了卖酒的小店，那周边也没有看见饭馆。我和陈爸走得疲倦，也没有争辩，不知道川云到底想走到哪里去。

穿过提示到了类乌齐的绿色大牌子，护山墙上刷着：昌都欢迎你。本来平整的柏油路变成了土路，路边的石碑用红漆刷着214国道蜿蜒绵长的公里数。我们已经进藏了。

又走了一阵，忽然听到川云大叫一声："有了有了有了！"什么呀，这样大惊小怪，正纳闷，忽然反应过来是有信号了。这可好一有信号，川云就直接赖着不走了。这厮骗我们骗得天花乱坠，走了千山万水，原来他不过是为了找一个有信号的地方，发——微——博！

有了信号，大伙儿四散路边，纷纷打电话给家人报平安。三星和苹果的智能机都不稳定。我的手机高原反应得厉害，好不容易用小太阳能板充满了手机电格，一两个小时之后就没电了。

大家纷纷借用思瑶一百九十八块钱买来的诺基亚。待机时间超长不怕没电，别人还没抢到信号第一个有信号的永远都是这一百九十八，还有特炫的手电功能，简直是高原地区居家赠友的必备良品。

思瑶坐在陈爸边上偷看陈爸发短信。"哟！陈爸在和姑娘发短信呢，发到现在呀，发了好久。陈爸你一定在和很多姑娘发短信吧！"

"陈爸你老实交代，你是不是给媳妇儿发短信呢？"小茜也凑热闹。

"我的确是给好多女生发短信！"陈爸说："我妈，我姑……"

思瑶故意忽略了后半句："陈爸原来有好多女朋友呀！快交代，是不是像韦小宝一样，有一，二，三，四，五，六，七个！"

小茜打不通电话，就发起了走路去西藏的微博，被思瑶戏称炫苦姐。

那一厢川云离我们隔开了好几米的距离，已经直接躺倒在路边的草丛里，因为怕晒，头顶还撑了一把伞，跷着腿，悠闲自得地刷着微博……

这群人，真闹心！

走到卡巴甲水电站的时候，大家已经走不动了。当然也没能找到馆子，问了问当地的藏民如果要去一个有馆子的村子还要走多久，藏民操着生硬的汉语说：再走半个小时就到了。我们顿感希望满溢，我多问了一句：那大概还有多少公里呢？

对方答：七八公里吧。

七八公里？我没有听错吧！一小时走四公里是正常速度，高原地区走得更慢，大家都已经累得像腌菜了，七八公里怎么可能在半个小时内走完！刚被充满的希望就像河豚的泡泡被戳破了一样。如果对方没有开玩笑的话，藏人的脚力真的是令人诧异的好。

村头站着一只霸气的虎纹猫。脸四方滚圆的（对，就是这么奇特这么霸气！）。摸进村里的小卖部，买了方便面、火腿肠、罐头肉。藏族大叔不会说汉语，把我们让进屋里，从炉子上拿下正在热腾腾煮着的酥油茶，给我们一碗一碗地倒。虽然没有吃到馆子，但是大家在乏力到话都说不出来的时刻，吃到热乎乎的泡面和酥油茶，已然觉得人间大幸。这顿饭我们五个人只花了十几块钱。

踏上回程，大家依旧默不作声，埋头走路。山路空空如也，竟然在我们想搭车的时候，一辆车也没有。来路大家雄心壮志，有车停下问我们去哪里，我们都不要搭便车（因为我们真的不知道我们要去哪里……）。回程走到绝望，却再也搭不到车了。前路还有数十公里，想到这里心里就荒凉了。

马拉松团队这时已经拉开了距离。川云和陈爸在第一阶梯，思瑶走在中间，我和小茜体力最差，落到了最后。正在这个时候，有三辆甘肃牌照的越野进入眼帘，大家都很激动，使劲挥手示意，车却飞速从我们身边驶过，仿佛炫耀一般。他们没停！小茜飚了，指着说："怎么不爆胎！"

落在尾巴的我和小茜最后是被好心的藏民捡上了车。对比汉车未停，藏人的热情，使我对少数民族的好感倍增。吉普车上的人是西藏昌都地区的藏族老师，小车里已有四个人，挤上了我和小茜已显得很局促。我们万分感谢后，说我们还有三个伙伴走在前面，能再带上吗？他们听了之后，决定带上思瑶，因为她是个女生。车往前开，渐渐看到了穿着青蛙色冲锋衣头发披散得像大菠萝一样的思瑶。我们指着说：就是她！一车藏民瞪着眼睛看着，司机师傅用夹生饭一样的汉语说："哇！这是个女孩纸吗？辣么胖！带不上吧？"我和小茜对看一眼，直接笑到了座位底下，等思瑶上了车，我们三个人又笑啊笑，全车人都跟着笑了起来。

关于思瑶的大块头，自此之后成了一个笑话中的传奇。

车把我们在村口放下。我们在小卖部买了水，这些从城市里运来的矿泉水零食都是过期的，不过大家并不在意。

回过头，门外开始下雨。刚刚沿着山脊而行的牦牛排成一排有秩序地下山，成百只牦牛走在绿色山间，蔚为壮观。小卖部里的藏地女人看上去有四十岁了，她抱起蹒跚走向她的孩子，亲了又亲，爱昵有加。

这个世界忽然在这个时刻变得很安静，我们仨已不再那么疲倦。山中下午六七点光景的雨，像是午后让人昏睡的雨。天色微暗，在这个地图上也不曾有标记的遥远地方的昏暗小店里，温馨好像包含了全世界。等待川云和陈爸的时间里，天渐渐亮了一些，它同样扫去了疲倦的神色，轻盈地下着雨。

川云和陈爸出现在了视野里。川云一副运气不佳的样子说："你们运气好啊，竟然搭到车了。"看来他俩没搭到车，我们仨都表示同情。不过他们走得真快啊，而且感觉气色也不错，看来男孩子的体力到底是好。正在此时，一辆红色的大卡车从他们后面缓缓驶入了眼帘……

"太阴险了，川云！"思瑶哇哇叫起来，"你就是作弊十三香！"她还是念念不忘厨艺比赛。

翻过这座山，我们就能回到学校了，大约五公里的路。天际开始缓缓合上眼，现出银灰发亮的天际和深色的云。山在我们背后，我们身边，我们四周。

小茜走在最后，向我们喊："我要上厕所！你们走慢点！！"于是便跑到路边找了个隐蔽处随地大小便去了。陈爸回头张望了一眼，于是我拍到了他表情奇特忽然怪叫指向我身后的样子。

我们的身后，便是彩虹。

大家像打了鸡血一样，一改黏儿咸菜样，兴奋起来。壮阔的青藏高原上的彩虹一点也不妩媚，它是笔直的，直插天际。阳光洒在远方群山坚硬的山顶巨石之上，金光四溢。

　　终于看到了学校的屋顶，有一种"到家了"那样松了一口气的感觉。时针指向八点半，天还亮着，但就要黑了。在天黑之前回到家，多么幸福。

　　当周老师竟然扮演了妈妈的角色，他煮了牛奶饭，温软暖糯。还做了香气四溢的土豆汤。我们吃得感动极了。

　　当周老师果真铁骨柔情，温柔彪悍。藏地男子一致把我们女粉丝团迷得团团转，当周在我们心目中就是神一般的存在啊！

酒和流星

那日骑着摩托从西藏买酒回来，当周老师下午就贼兮兮地说："咱们趁着养多老师他们不在，把酒喝了吧。"

彼时我和小茜正在和孩子们玩老鹰捉小鸡，小八戒神奇活现地扭着屁股，正在捉我身后的小朋友。我们回过头，当周、陈爸和川云已经很酒鬼的在山坡上喝上了酒。

我们围坐一圈，欢声笑语不断，一直喝到天色暗下，夜晚到来，宇宙全黑。大声学着当周老师说 Hilda，这是当地的藏语方言，有着很豪迈的意思。玩着藏族的猜拳游戏，说着 zang zang zang 这样热闹的藏语划拳令。

当周老师和陈爸特实在的喝酒，当周一人就喝了八瓶以上，真是酒神一样的存在。关于少数民族为什么都挺能喝酒的这事儿，至今我也没想明白。是因为少数民族一般都比较豪迈吗？川云特鸡贼的躲酒，给当周抓着，说："不带那么姑娘似的喝酒的！"我们姑娘一听不干了，小茜仰头咕噜咕噜就喝了大半瓶。

我们的两箱酒，本来只开了一箱，想给养多老师留一箱，结果全给我们喝光了。大家喝得晕乎晕乎（小朋友们不要学习啊！），但是这是多么快活地喝酒，借酒消愁什么的都太对不起酒了。

仰起脖子喝酒的时候，看到了天上划过的流星，我兴奋地指给大家看，大家七手八脚放下酒瓶许愿。

它是不是也是一颗馋酒的星星？希望和我们共度这肆意快活的酒会？这酒瓶里的愿望，变成了星海里的许愿瓶，愿它漂荡到世界最远的地方，然后实现。

归途之：研究如何从深山里回家

　　我们翻开陈爸带来的青藏川公路地图，仔细找我们所在的城市。

　　地图这个东西真是越看越好玩儿。一路上人们和我说的那些遥远的地方，在地图上找到的时候，就像再次又遇到了在路上曾偶遇过的人，有一种"原来你就在这里！"的巧合感。

　　找到了当周老师的家乡，黄南藏族自治州。找到了年宝玉则，西宁的小伙伴们口中描述的美丽山峰……地图就像一本情节入胜的小说，我都看入神了。

　　"哎，别走神了！"川云拍了一下我的头，"我们是要看怎么出山的！"

　　"你练葵花宝典啊，还出山。"我把地图递到我们中间。

　　大家凑过来看，要不要重回西宁这个中转大站，再各回各家各找各妈呢？

　　思瑶川云回云南，小茜回贵阳，陈爸虽然是北方人，不过他要去南宁，我回上海，全部都在南边。当下便决定不往北去，走回头路去西宁了。

思瑶开始研究地图，"我要回香格里拉……你看从西藏走，进昌都，咕嘟嘟直接穿过这些山，很近的嘛！就是没有路！哈哈哈哈哈！"我们像看外星人一样，看着因为没有路竟然能笑得前仰后合的思瑶。

看来看去，我们最后决定进四川去成都。成都是中转枢纽，无论火车飞机，去贵阳南宁上海都有着落，离云南也不远了。

要进川了。好几年前走过川路，山水都美，让我心向往之。不过也未曾料想，蜀道之难难于上青天，竟在之后如此真切的验证了。

归途之：八千里路云与月之蜀道难

清晨六点。川云叫大家起床。我早无睡意，已醒来多时。

起床做最后的整理，也没能找到我随身带来的那本书，赫尔曼黑塞的《悉达多》。最神奇的莫过于第二年去贵州，我也带了一本黑塞（真心不是刻意，只是在一堆书中《在轮下》最薄），结果那本书也被遗忘在了贵州的山里。喜爱田园生活的黑塞，他的书被留在遥远的山林草海之中，这样的巧合，或许作者都会觉得很好，我觉得这其实很浪漫啊。

这是一个寻常早上，只是我们要离开了，我们所有的人依次拥抱了当周老师。当周老师把我抱得紧紧的。我们坐在车上，没有人说话，大家都默默无语。车开起来的时候，我把眼泪忍了又忍，后来才知道，大家其实都哭了，尤其是思瑶。早知道我就不那么酷的忍眼泪了。

车行至萨美寺，我们停车和寺里的喇嘛打招呼。他们正在做早饭，炊烟袅袅升起，和清晨的薄雾轻轻地糅合在了一起。喇嘛们留我们吃早饭，我们因为要赶路所以谢绝了，他们拿来了麻花给我们在路上当粮饷，思瑶连连谢绝。这个时候，大家感受到了小茜逼人的眼神……回头一望，在初入山中那日，小茜就已经对这麻花朝思暮想，现在要走了，人家主动塞还硬不要，这不是断其夙愿嘛……于是我们敬谢不敏。小茜欢天喜地。

麻花真是异常好吃，后悔没多拿一点了。我曾待在天津几年，对麻花算是熟悉，每次回家都要带天津大麻花。可我从来不觉得好吃，天津人也不觉得好吃。萨美寺的麻花，是我一生中吃过的最好吃的麻花。不知道为什么，在吃着萨美寺麻花的那个时刻，觉得非常幸福。

雾里穿行，山中雨云。车要停下来，搬走路上的石头，才能得以继续前行。车终于到达囊谦，司机师傅去拉客使车坐满，我们便在路边小店吃了一顿简单的餐，米粒还生。

车慢悠悠继续上路，对面风驰电掣驶来一辆摩托，呼啦停在了我们边上，探出头一看，一个藏族帅小伙儿。正纳闷，后头跳下来一人，定睛一看，这不是小婷吗！是我们的志愿者，去了离我们九十公里的觉拉乡小学的姑娘。

她前几天和川云接头，决定和我们一起出山。校长一大早开车把她送到了村口，她拦到了藏族小伙儿的摩托车，搭上便车往我们的方向迎来。我们纷纷和藏族小伙儿道谢，他爽朗一笑，油门一踩，扬尘而去。

　　一行人到达玉树，又开始了一顿折腾。先是司机把我们赶下了车，让我们换另外一辆，我们决定在废墟中穿行，去长途汽车站买票到成都。结果票没买到，大家又商量合计，最终下了决定包车去成都。这样，我们便遇到了四川甘孜的藏族司机小师傅仁青。

　　大家在临行之前，去见了青海玉树慈行喜愿会的永丁，我们刚到囊谦的时候见过，他帮我们找了司机。永丁老师和当周差不多大，大学毕业后回到家乡，为喜愿会做公益。

　　永丁老师看到思瑶的时候，问思瑶："你是中国人吗？"

　　我指着思瑶发黄的大脏辫儿，说："她其实是古巴来的！"

　　男生在联系包车司机的时候，我们和永丁老师一路，走过妇幼医院的帐篷区，到达学校的帐篷区。满目之间没有一个搭建起来的像样的建筑物，全部是废墟之上的帐篷。永丁和我们说，七月过去，九月一到第一场雪就要下了，十月很多地方大雪封山，到时候雪会积没整个小腿。这会是玉树第三个在帐篷中的冬天。藏区的冬天漫无天日，在七月的帐篷里，永丁升起炉子给我们烧水，都不会觉得热。我们想象着严峻的死神一样的冬日，不禁都默默无语起来。

　　在玉树所有的废墟中，见到的唯一一个五层崭新的建筑，是玉树宾馆。心里不禁凉意一阵。

　　永丁说起喜愿会，他明亮的眼睛显得更加清澈，那是像天空、海洋一般的眼神。见过这样的眼神就不会忘记。我在藏人的眼中，看到过好几次这样的眼神，有这样眼神的人，一定都是天使。

我发现永丁老师的 T 恤上画的是上海地图，很好奇。永丁说：这是一个在上海工作的台湾志愿者送给他的。我凑着脸对着人家的衣服研究起来，想找一找我住的地方，结果找来找去找了半天，每次从各个方向找到黄浦江就断掉了，最后发现原来这 T 恤上的地图画的只有浦西。思瑶看不下去了，说："就算永丁老师长得帅，你也不能这么色迷迷的一直盯着吧！"

大家哄笑。我想起来长途汽车司机师傅说的话，问永丁老师："永丁老师你是囊谦人吗？"永丁果真是囊谦人。看来大巴师傅无戏言，玉树的姑娘囊谦的汉，囊谦的小伙子真的帅得顶呱呱。

出得门去，小茜，思瑶，小婷和我，四个女人还念叨着大巴师傅的话，一路赞叹玉树姑娘长得美，旁边路过的藏族大叔笑说："你们也很美啊。"永丁老师接话说道："你们知道吗，藏族小伙儿的心都被你们带走啦。"

说得浪漫极了，和天空似的。我们几个人对藏族汉子们至此爱得死心塌地。

和司机小师傅仁青一同上路了。仁青年纪也就刚二十出头，活泼单纯，天然呆萌。我们走的是 318 国道，连接川藏。虽说是国道，却连县道都不如，思瑶戏称它为屁股开花儿道。开了没多久，仁青师傅征得我们同意又拉了一个客，至此车厢全满，无一点空隙。上车的是一个小喇嘛，十七八岁的光景。不经意打量他一眼，发现他长得可真好看呐。圆润通透，眉眼清晰，气质不俗。仿佛是《天龙八部》里虚竹那样的可人小和尚。

一路向西。车经过河流，草原，村落，桦树林。暮色将近，我们停车休整。大家纷纷下车，水一般的凉意划过皮肤，我收紧了衣服。回望，看到小师傅站在车边，身着清爽的土色僧服，着厚底中缝布鞋，胸前一朵白色祥云别针，绣着彩花的土色布包上绣着某某佛学院毕业留念的字样。

小师傅站在黯淡落日的余晖中，缓缓披上了袈裟。

那一刹那，我有种仙人是不是下凡了？！的感觉……

小面包车里，陈爸因为晕车，坐在副驾驶。我，小茜，小婷坐中间一排，最后一排，是小喇嘛师傅，川云和思瑶。小和尚坐最右边，和川云邻座，思瑶坐最左边。

小喇嘛师傅一直坐得很正，不像我们，东倒西歪的。我们不太好意思和他说话，就回过头悄悄瞄他一眼。

忽然发现思瑶的头已经凑到了川云的下巴，正对着小师傅，开始和小师傅娃哈哈地聊起了天。思瑶果真是流氓本色，和谁都能搭讪。一听小师傅已经开口了，我们前排三个女生刷刷地回了头，和小师傅说起话来。

大家不由但却是由衷的赞叹起了小喇嘛师傅。小师傅你的眼睛真美啊，小师傅你的鼻子好看，小师傅你皮肤不像藏民一点都不黑皮肤怎么这么好啊。我们四个女生叽叽喳喳说个不停。川云像肉夹馍一样被我们夹在中间，终于受不了，说："你们不要再说了。你们再说小师傅都要动凡心了！"

原来小师傅也是囊谦的呀，囊谦的小伙儿长得真是名不虚传。

经过炉霍，这里是司机小师傅任青的家乡。一进他家的地界，他就兴奋起来，滔滔不绝地介绍。十几年前炉霍经历了大地震，玉树－炉霍－汶川是一条地震带。现在这里看到的房屋都是新房。村庄里的藏屋建得也很雷同。到了县城更是仿佛乌托邦一样的新城，依山而建，富丽堂皇。山上是金光闪闪的藏式建筑，山下是白玉兰的宽阔广场，整个新城人烟稀少。

车颠簸，抛锚，修理，上路，由于路太烂和车比较烂，我们的时速平均只有二十公里（什么嘛，专业自行车运动员肯定能赶上这个速度吧……），即使速度很慢，我们依旧颠得屁股疼。

在车里的日子，大家没法换衣物，也没有水洗脸，简直形象全无。小婷戏称我们是野人军团！我，小茜，思瑶还皱巴着脸，拍了一张史上最丑相片，丑得我们仨边看边狂野的笑。

好在穿过重重山间，风光煞好。经过每座山高处的玛尼堆和彩色的经幡，风在念着经文。车行下山，山脚下出现一个湖，一泓碧水，隐没山中。

车又出了问题，这次运气不佳，需要等救援车修理。仁青小师傅就激动地说，我们去湖里玩吧。川云也吵着去湖里洗头，车里一日我们都没刷牙洗脸，于是几个人带着牙具毛巾甩着膀子下山进湖了。

　　湖边有藏人支起的小屋，卖着酥油茶。竟然还有荡舟湖中的船！船倒是挺现代的那种，有顶棚。任青小师傅更激动了，说他从来没划过船，一定要划。于是川云和他上了一艘船，陈爸，小茜和我上了另一只船。上船这事儿，最后证明真的很容易变成上贼船……

　　我们划到湖中央，寻找野鸭的痕迹。水中野草浮萍，开着朵朵黄色小花。蓝色的蜻蜓停驻期间，点水飞起，相机拍不下来这么轻盈的瞬间。川云已经把头伸出去，拿肥皂搓头了。任青小师傅兴奋地和我们打招呼。抬眼看，四周包围着群山，安详极了，阳光在一边的山头上，我们坐落在水中央。

　　当云开始聚集，湖面上有星星点点的雨滴时，我还兴奋地指给他们看，说好美哦。谁料瞬间风急雨密，头顶乌云发黑，船被吹得左右乱晃，以45度倾斜。有顶棚也挡不住来势凶猛的大雨，船内灌进雨水，整个大半边身子湿透。最一开始对下雨的好奇心都已不复存在，我们只能很艰难的稳住船，无论怎么踩脚踏板，船都很难往岸边推进。两只船在整个湖最中心的位置，努力地保持着不要相隔太远。川云和我们喊话说："不要怕，镇定一些！"这时候，任青小师傅哭丧着脸伸出头来，对我们喊："怎么办啊？会不会淹死啊！我不太会游泳啊！怎么办？怎么办？？"

　　我也不会游泳，好在我们都穿了那种橙色的救生衣，我想就算掉到水里，也能浮起来吧。但是真的掉到水里会非常冷吧。我脑补开始过多，越想越糟，不愿再往下想。努力地踩着脚踏，虽然雨水冰冷，但背后还是出了汗。天空中闪电狰狞，雷声瞬间而至，雨像是要把所有的东西都吞没的怪兽。

我给没有划船在岸边溜达的思瑶打电话：快让船老板来救我们啊！小师傅怕得要死！船晃得太厉害了！雨太大了！我们全都湿了！船也灌进了水！

思瑶急忙说，我去问藏族大叔。

雨一直一直在下，毫无退势，就像要下穿这个世界一样。

电话回过来，思瑶变得幸灾乐祸，说："藏族大叔说了，没有办法！自己划回来！不行你们就游泳嘛！神州行，我看行。"

我啪的一声挂掉电话，对很期待的、眼巴巴看着我的陈爸和小茜说，没辙，咱只能自己划。于是我们轮换，很用力地往一个方向划，努力靠近岸边，保持船的平稳，一点都不敢松懈。其他全然不敢想。

同暴风雨一瞬间来临的一样，它竟然在一瞬间就结束了。当我们费尽所有力气划到岸边的时候，天就在那个时刻忽然大晴。等着要划船，站在岸边的藏族小伙子把我们拉上岸，和我们交替进船时，看着我们满身湿透的狼狈样，不禁笑出了声儿。

思瑶直接蹲在岸边，就差要笑得捶地了。

任青小师傅先跳上岸，脸色惨白，说："吓死我了吓死我了。"跑到可以坐下来的地方去压惊了。川云一上来就掏出一个黑色的钱夹，哭笑不得。原来在船上，任青小师傅把钱包交给他，像嘱咐遗嘱一样快要哭出声儿来，告诉他钱包里有身份证，多少现金，驾驶证等等等等，然后小师傅就要跳湖求生，幸好川云给拦住了。

原来，这山里的湖，遇上风暴，只需要静静等待它过去就可以了。

归途之：有着美好小师傅的车里的夜

进川之路漫漫长途，遥遥无期。我们穿越在无数丛山之间，迷雾之间，彩色经幡之间，以及翻过山口就会看见的玛尼堆之间。

夜间寒气透入，山中的路完全漆黑。小婷在我和小茜当中睡得七仰八叉东倒西歪，一只手架在我身上，一只脚架着小茜。由于小茜也半躺着，小婷的脚离小茜的脸近在咫尺。小婷动了动，被压得不能动弹的我心里窃喜，刚能动，小婷一只脚压了上来，贴近我脸。噢卖糕！

大家睡态坐态都相当狰狞，狭小的面包车空间无法伸展，就尽量多换换姿势坐得舒服一点。

最后一排最左边，喇嘛小师傅却坐得很淡然，他不怎么动，一直坐得很正。看不出太多倦意，只是轻轻打了几个哈欠。

车行至夜深，我回头看，喇嘛小师傅竟然和川云头靠着头睡着了！喇嘛小师傅睡得很安详。

过了一会儿再回头看，喇嘛小师傅，川云，思瑶方向一致地朝左歪着头，小师傅靠着川云的肩头，川云倒在思瑶的肩上，思瑶靠着左边的窗户。小师傅仍然睡得很安详。

思瑶在这幅画面中简直就是个汉子！

我和任青聊着天，车宿在黑暗当中，依稀靠着一条小溪，任青说，天太黑了，睡两个小时再赶路吧。

第二天醒来的时候，我们显然不知道已经睡了多久，车内横七竖八，大伙形象全无。只有小师傅，已经醒了。任青看了看表，哎呀了一声，说道：睡过头了！

车行至甘孜，我们要和到当地佛学院进修的喇叭小师傅告别了，我们邀请他一同吃一顿饭。

这是我们自西宁以来第一顿正儿八经点菜的一顿饭。这么几周来第一次有油水，大家吃得欢声笑语心情舒畅，却没有特别的狼吞虎咽风卷残云，因为小师傅吃得非常安静节制。他吃得不多，时不时抬头看看电视，风度翩然。

他和我们说，自己挺喜欢看电视的。这么一说，我们才意识到他到底只有十七八岁的年纪啊。

十七八岁的他，已经去过了很多地方。青海觉拉，西藏拉萨，尼泊尔，都有他修行的足迹。这一次他将去色达喇荣五明佛学院，据说是非常厉害的佛学院，我查了资料，外媒称这是全球最大的佛学院。小师傅虽小小年纪，但我们私下都纷纷看好他，觉得他今后能成大师。

小师傅和我们说，他从前并未想过要出家，十岁的某一天，他忽然开悟。他说十岁不算是修行很早的年纪了。但忽然开悟立志要做一位出家人，我觉得一定是天赋吧。

遇到穿着喇嘛服来要钱化缘的人，到我们桌前一站，看到了他，那些人就讪讪地走掉了。喇嘛小师傅说：真正的喇嘛是不会去要钱的，如果我们有钱，我们就要分给别人。他们喇嘛服穿的方式不对，不是真的出家人。

我上完厕所回来，小师傅已经离开了。

大家买了干粮和水等补给，研究了路线，继续上路。我们的车没有了喇嘛小师傅，渐渐松动起来，慢慢行驶在熙熙攘攘的充满了藏族风情的街道上。

就在这个时候，小师傅卓尔不群的背影出现在了前方。

我摇下车窗，大声喊住走在路上的小师傅，微笑着和他道别。莫愁前路无知己，天下谁人不识君。

归途之：野人军团反攻城市——从康定到成都

　　连续了六十个小时的车程，清晨四点，山中大雾。一车人都睡的七荤八素，连一直清醒的陈爸都昏昏欲睡。任青小师傅已经相当疲倦，喝了三罐红牛，我不咸不淡地和他搭着话，他的反应迟钝。车灯只能照见前面两三米的距离，山路险阻，我心拔凉，心想这川道翻车事故很多，千万不能翻在这路上啊，这路怎么这么长，像没有尽头一样。

　　在不知是何时的瞬间，我们驶入康定。

　　康定已经不再是我脑海中六年前的模样了。它像所有旅游业城镇一样发展得很快，也越来越趋同。康定比从前大了太多倍。

　　任青小师傅把我们送上康定去成都的大巴，目光呆滞地拿着钱离开了。这一路六十多小时，每个人都很疲惫。

　　车行，前方路牌写着：小心冰滑。藏区就是这样，即使是在夏天，依旧冰火两重。

大巴车驶过贡嘎，二郎山，过雅安，进成都。路遇修水电站，造成环山路堵车。依山的路上排起长长的车队长龙，当地农民挑来水果玉米在路边卖。百无聊赖，我伸着懒腰下车，买了一筐桃。

还是在大学的时候，有一年自己一个人在山东旅行。从淄博到泰安的大巴也这样堵在了山间。那是一年一度的大市集，彩色的遮阳篷一个接一个沿着山脚下蔓延，无数的小摊卖着各种各样的东西。我买了橘子，还买了李子，一路吃一路逛。

一晃都算不清过去了几年，如果遇见平行时光里的自己，会对她说些什么呢？

到成都的高速公路休息站被扔下。又换了一辆车，终于驶入了艳丽熙攘的春熙路。从吉曲到成都，将近七十个小时，一千三百多公里，换了四辆车。

走在白日下的闹市区，我们格格不入，像 ET 入侵。风尘仆仆的身姿，皲裂炭黑的脸蛋，背着登山包头发胡乱绑着，同这个精致的城市相差甚远。

有一个乞丐跑过来要钱。走近了他看到思瑶皮肤裂成世界地图的脑门，整个沓皮的脸，还有满头的大脏辫……他竟然发出了啊呜呜的声音，转身跑走了。

野人军团，名不虚传！

到了酒店，大家纷纷排队洗澡。据说有人洗澡洗到黑水直趟……

洗澡出得门去，我们什么都要尝鲜，买赛百味，买星巴克，买麦当劳，吃火锅，吃烧烤，吃成都小吃。像没进过城的暴发户一样。

第二天中午小茜不舒服了。我们去同仁堂抓了药，见了坐堂医生。再后来，小茜进了医院，病到去吊盐水了。

至此，此行所有人都病过了一遍，最早我进山拉肚子水土不服，到思瑶在山里病歪歪找藏医老师开藏药，川云陈爸山中感冒，再到小茜出山水土不服肠胃炎（竟然出山水土不服……），我们无一落下。

最终话

，

我是一个人进入这个旅途当中的。当我离开的时候，变成了我们。我们终于离开了那片山，那些云，我们回到了各自的轨迹，过自己的生活，做要做的事情，爱喜欢的人。

思瑶去拍自己喜欢的纪录片了。陈爸追到了他心爱的姑娘努力一起考研。小茜回到瑞典继续她社会学的学业，她说她要去非洲，他们学校在那里有一个支持当地失血儿童教育的公益项目。川云在大学毕业后，开始了一个人环游世界的旅程，至今为止他已经在路上一年有余。

我们的生活，真美好呀。

我热爱旅行，走过不少地方。很多地方风景美好，壮阔，异域；很多地方人们友善，健谈，快活。可是没有哪里可以和这里相比。我会清晰的告诉你，在吉曲的日子是我短短人生中最接近快乐的时光。正因为那里什么都没有，简单到极致，所以才最无欲，接近了本真的状态。对于那个地方来说我是异乡者，却不妨碍我属于那里，我的某一个部分留在了山间，与那些山水天空时光同在。我真切地感受到了自我的变化。

再次走在了上海的街头。反应过来的时候，自己正在哼着小曲儿慢悠悠地走在早高峰一切都快进的路上。在一个周四的清晨，半梦半醒间，我觉得自己躺在草原上，是在那片绿色中醒来的，这感觉很真切。那些孩子们，都在那里等着我上课。我睁开眼的时候，他们鼻涕乎乎的小红脸蛋儿正凑着看我呢。

这个世界，没有那么面目可憎，值得怀疑了。我们变得美好了。

啊，天哪

李筱睿

115

序

，

可能是身体里天生丰富的**不安定**因子作怪，随着年龄的增长和自我认知的加强，我越发地对这个世界感到**好奇**，总是想做些什么特别的事，以此来安抚自己心里那些**躁动**的问号。

决定去支教时我**刚过了二十岁**的坎，脱离了一字头的年纪，觉得这就是小时候一直盼望着"我想快点长大"的那一天，走在路上看到中小学生，会不自觉地用家长的眼光去**挑剔**，那种"终于"长大的心态让我觉得自己什么都是对的，已经到了完全可以为自己做任何决定的程度。我是在我最好的年龄里做了**支教**这件事，认识了一群相信我的孩子和一群疯在一起的朋友。

支教回来的切身感受和反思已经让我忘了最初选择去支教的原因，这么说可能显得自己在对待支教这件事情的态度上不够认真，可你若是经历了一个非常深刻的过程之后去追溯起初加入这个事件的动因，它在主观上很有可能会被事件过程的种种复杂情感和事件结束后的情绪所掩盖。二十岁的那一日，我偶然看到了一张照片，照片中一个孩子趴在桌子上写字，脏脏的小手，皱皱的作业本。**不一样的世界**，不一样的生活在我的脑海里上演，那时我觉得我应该去帮助他们，一时兴起的一个小想法，在得知有实施的可能后开始在头脑里疯长起来，接着计划、实施，就是这么简单的一个开始，只是那时我并不知道，"去帮助他们"，这其实是一个多蠢的想法。

放大镜下的沙坝

沙坝小学的支教生活，最大的特点就是简单，好像任何事件任何人都不存在繁杂这一说法，和这里的空气一样，用小清新形容沙坝给人的感觉一点也不为过。每一天，每个犄角旮旯里，都有新的故事发生，故事的主角各异。

< 一 >

孩子们在操场上打闹嬉戏，一个小姑娘今天没有和孩子们一块儿玩耍，她站在二楼的教室门口呆呆地看着自己的伙伴们，明天她就要退学和妈妈一块离开，到浙江去开始她崭新的生活。在她一岁的时候，妈妈把她留给年迈的奶奶，独身前往浙江。十年后这位母亲回来，这次要带着她一起走，小姑娘舍不得朝夕相处的奶奶，想到这便独自靠着走廊哭了起来。在这之前，姑娘的奶奶背着一个大箩筐，走了一个多小时的山路来到学校里，把一条长长的腊肉送给

119

我们，不断地对我们说着"你们辛苦了，在这吃苦了"之类的让人觉得怪不好意思的话。彭彭把五十块钱揣在奶奶的兜里，想是我们不能平白无故地拿了村民的东西。毕竟大家都知道，这里物资匮乏，而且经济条件确实不好，腊肉是老乡家里过年才吃得上的年菜。但钱还是被奶奶硬生生地推了回来，最后实在无法，彭彭便偷偷把钱塞进了奶奶的随身背包里，告诉小姑娘放学回去告诉奶奶记得把钱取出来。

　　和奶奶的聊天才让我们了解了小姑娘的可怜身世，其实不止是她，这里大多数孩子都是留守儿童。那些父母双双外出打工的孩子已经算是幸福的，更不幸的多是父母离婚或母亲出走，他们自生下来便没有感受过完整的父母之爱。我站在她旁边等她停止了抽泣，问她，你想和你妈妈一起走吗，她沉默。这里的孩子们总是喜欢用沉默来回答问题，等了许久她才开口说："我舍不得我奶奶，可我也很想我妈妈。"我很想让她选择别走，并不是让她对妈妈心存埋怨，而是对家和奶奶的眷恋。可我最终没把话说出口，我想我不了解她曾经的生活及每一段心情，也没有体会过妈妈不在身边的失落，我的想法、我的判断都有可能是站着说话不腰疼。第二天她没有来学校，以后也没见着她。

　　＜二＞
　　粘蝇板上的苍蝇挣扎着，想要站起脚来，可越挣扎便越是被那原本被它认为是饕餮盛宴的胶水黏得更扎实，头顶上罩着一个黑黑的大炮筒，几个人在后面叽叽喳喳地说话，不时发出一连串得意的笑声，听得其中一个姑娘大叫说："喂！你快过来看啊！它终于黏上去了，我这镜头抓得真不容易……"剩下的人又哈哈大笑起来，这时远处传来一个声音："哎！吃饭了。"这句话仿佛魔力一般，大炮筒后面的人一哄而散。无力抗争的苍蝇闻着由远及近的饭菜香气，含恨而终。

<三>

　　墙角的葫芦瓜熟落地，重重地摔在教室门前的草丛里。一个脚步声由远及近，它被一双手捧了起来，摸摸被摔疼的下巴，突然听着有人朝着远处一群人大叫起来"它终于掉下来了！今晚就吃了吧？"说话间它被扔到了一堆乱七八糟的菜里。身边的土豆沉默不语，这些日子来它们有些变成了丝有些变成了泥，最终都逃不过被人吃掉的命运。辣椒们打成一团，只希望能看一眼为数不多、被视为珍宝的西红柿小姐，可是西红柿小姐只爱比它更为珍贵的鸡蛋先生。葫芦被扔在这个角落里很多天了，"那群人"并没有遵守承诺在当晚就消灭了它，相比之下，他们好像更喜欢南瓜。葫芦最终变成了摆设，被一个姑娘转移到了书桌上，可惜它并不是葫芦娃，最终逃不过被炎热的天气闷坏的厄运。

< 四 >

沙坝的故事很多很多，花鸟虫鱼油盐酱醋全都是故事的主角，故事里还有一群人，每天嘻嘻哈哈忙忙碌碌。

川云：本次活动的负责人。外交一把手，早出晚归，镇上县里四处跑，最后一次外出回来给我们买了一只鸡。

丁娜：学化学的姑娘。喜欢捉虫子，曾经把学校实验室清扫出来，在里面养了分不清是飞蛾还是蝴蝶的昆虫、还有蛤蟆、蚂蚱之类。喜欢收集葫芦，最后承担了照顾川云买回的鸡的责任。

小马哥：回族姑娘。喜欢熬醋以及做调料，没有西红柿不能做饭。

继义：工科男生。自己给号"记忆"，说是容易记住一些。讨厌拼音教学，尤其不喜欢给一二年级的小猴孩上课。热爱小说和与思瑶 PK windows 系统自带游戏——扫雷。

建兴：学画画的男生。经常在校园里写生，做事严谨认真，热爱教学，经常出现在教室后门，以"政教主任"著称，可以在窄窄的长条凳上睡觉。用联通号码，因此需要爬上山顶的信号塔打电话。

家泠：漂亮老师。"中华曲库"，没有她不会唱的歌，姑娘的外表爷们儿的心，曾经冲进男厕所抓捣蛋学生，孩子们口中只要温柔一些就很完美的老师。

彭彭：姐姐，大厨。有着独特的人生观和价值观，教孩子们实际的东西，在将要离开的前一天清晨翻墙跑路。

思瑶：疯姑娘。思维瞬息万变，因为口才太好以及无赖加脸皮厚的特性，曾经从骗子手中重新骗回自己的手机。喜欢登山、旅游，偶尔喜欢学习。

缪缪：酱油姐。半路空降给我们丰富的物资，思瑶的好朋友，后来也成为了大家的好朋友。

匆匆忙忙做不擅长的事

　　沙坝地处贵州省黔西县的花溪乡，花溪是一个多好听的名字呀，不仅仅是因为满山的红杜鹃，还有光是听名字就让人垂涎三尺的花溪牛肉粉，有时深夜里想起它的样貌，总觉得是个心事。沙坝是个小清新的名字，同样也是个小清新的地方，这名字衬上遍地的向日葵和大片的玉米地，总感觉是一个一尘不染的世外桃源，事实上也确实是。

　　坐在车上，左边是高高的山崖，右边是陡陡的石壁，中间是一条窄窄的泥路。从左手边的车窗往外望，能直接看到下面十几米的山谷，更恐怖的是贵州的司机开车都勇猛无比，开着车子飞速奔驰在这样惊险的天路上仍然神情自若，这种自信反而让我觉得很有安全感。一路哼着小曲，傍晚的时候，我们终于到达了沙坝。

　　第一眼看到沙坝，内心有些小小的失落，因为它并没有我想象中的破旧简陋，我先前已经做好了来这里吃苦的最大限度的准备。

崭新的教学楼显然和我的准备有些不符。当晚并没有解决我们的住宿问题，累坏了的大家睡沙发的睡沙发，睡桌子的睡桌子。虽然是炎热的夏天，但是贵州的夜晚温度很低，大家把随身带来的毛巾毯子全部裹在身上，捱过了第一个晚上。第二天一大早便忙着寻找我们的长居地，最后寻到了"图书室"，一行人安营扎寨，灶台、床，全是用桌子随机拼出来的，我有幸和彭彭分到了一张台球桌，在这里它应该已经是 VIP 级别的待遇了，只是后期思瑶生了病，在我那位置蹭着大睡三天后，便自然而然地将台球桌占了去，我便搬到了教室旁边的办公室里和家泠一起睡沙发，每天都要与跳蚤进行生杀大战，花露水的味道在此时变得可爱。

两天的时间，大家分好了任务，彭彭和思瑶是掌勺的。所谓民以食为天，在物资有限的沙坝，掌着勺那真是大权在握，因此她俩地位颇高。后来才听到思瑶说她不会做饭，但是一看大家似乎都不怎么会，于是便赶紧装出一副老厨子的样子，看她每天屁颠儿屁颠儿给彭彭打着下手，锅碗瓢盆敲得叮当响，大家也就信了。剩下的人除了每天完成自己的教学，就负责吃饭。茶余饭后，我自觉揽下了排课的任务，可是事实证明数学学不好，排课排不了。我用最土的办法，花了半天，把大家的课程好不容易排到没有重复冲突的情况，头脑几近出现乱码。继义作为工科生，对于要教拼音这件事相当抓狂，而我也无奈成了低年级的数学老师，其实大家都是打肿了脸充胖子，充了四十天，把自己都糊弄过去了，站在讲台上有板有

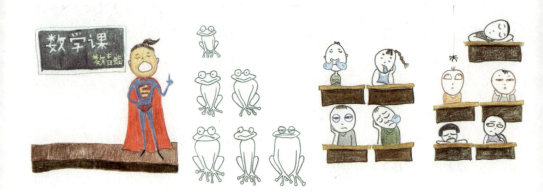

眼儿，人模人样的，我让孩子们数青蛙算乘法的时候还真觉得是自己像那么回事，可是某天思瑶拿着一张照片笑得大气喘不上来让我自己看看，照片里孩子们抓耳挠腮，小手撑在脑门儿上，眼皮使劲撑着……大概下了课后他们到操场上疯玩一圈之后就又把乘法口诀给忘掉了。其实也无所谓教会了他们几个口诀，我们的到来给他们最大的感受，只是多了渴望和梦想，这样就足够了。

第一次见面

　　大清早六点钟，我坐在学校的长排凳上无所事事，学校里种了几棵向日葵，开得没有老乡地里的漂亮，但在这质朴简陋的校园里仍然显得特别耀眼。它们在夏末时结了果实，但通通被孩子们摘了送给我们吃。发着呆时已经看到有孩子走了进来，手里拿着刚刚在校长家小卖店买的新作业本，看到我们，他们有些躲闪，几个女孩子走到三年级的教室门口站着，我想去认识认识她们，走过去时看到她们在吃着五毛钱一包的小零食，后来知道那是她们的早餐。

　　见面会之后，已经是中午了，校园里孩子还是很多，因为山路太远，大多数孩子中午都不回家，当然也没什么午饭的概念，饿了吃一个从家里带来的梨，或者依然是小卖部的五毛钱零食，渴了到校长家小卖部旁的蓄水池舀水喝，放下水瓢，扔了零食包装便又开始疯跑疯玩。

　　我坐在长凳上看他们玩乐。一个长得像新疆孩子的小男孩跑过来向我告状，说高年级的孩子抢了他的羽毛球拍，我问了两句，让他带我去找那孩子，到了人家面前他便哇哇大哭起来。这样的事情后来我们天天遇到，久而久之也就总结了一套应对办法，那就是"边儿上玩点别的"。看老师不理睬，他们有时会蹲在地上哭一会儿，几分钟后外面就又传来了他们的笑声。刚开始每次遇到孩子们告状，自己总是觉得作为一个老师，我应该为他们主张正义，领着他们去找别的孩子讲道理，可是这样做次数多了以后，告状的孩子越来越多，每天我们刚刚坐在办公室里总要被门口各种各样带着哭腔的"唠丝唠丝（老师）"弄得心烦意乱。仔细想来，孩子们的矛盾无非是你抢了我的玩具，我骂了你一句，人人小时候都这样，我们应该教孩子的是心胸开阔，而不是斤斤计较，非得分个是非对错不可，而且打小报告确实是个不好的习惯。"小新疆"这喜欢打小报告的毛病最后算是让我们给拧回来了些。但是因为这孩子脾气倔，内心敏感的性格，日后我们这些小老师为了他，没少伤神伤心。"小新疆"的爸爸妈妈都在浙江打工，两兄妹和年过半百的爷爷奶奶在家，他虽然只有九岁，但是举手投足之间已经俨然是一个小大人模样，在同学们的口中他是个喜欢打架，脾气很差的坏孩子。有一次在操场上和他的妹妹胡艳聊天，她说他哥哥平时打架多数都是为她出头，所以有时候面对他一些不良行为的时候，我也总会有些于心不忍，因此内心每天就在"同情"和"整治"的矛盾中纠结。然而这些都是后话了，那"小新疆"便是后来的话剧影帝；"灰太狼"胡卫，我在沙坝小学认识的第一个孩子是他，回来后他给我打过一次电话，后来便杳无音信了，听说去了浙江，不知道他现在过得怎样。

　　另外有两个叫王巡和杜星的孩子，第一天因为胡卫的事情我认识了他们，当时为了显出作为一个老师威严，胡卫来告状时我二话不说，气冲冲地冲到他俩跟前，开口便指责他们为什么抢低年级同学的东西，他俩对于陌生的老师可能把握得还不准，不敢轻举妄动，开口辩驳了几句便不再理会我。我自己在读书时经常被这样坏孩子扯辫子拉头发，心里对这样的人感到十分的厌恶，事后从胡卫口中得知，他俩是同学眼中的坏学生，抽烟喝酒打架，通俗地说来就是我们读书时那些经常在学校里欺负老师的校霸。这一开始我便戴了有色眼镜去看他们，所以所有与他们接触的过程中一直带着一种"看我不好好治理你们"的心理，现在想来觉得可笑，我怀揣着刚开始的那点新鲜感，穿上超人的红披风双手握拳向上冲，自以为是的大喊，我，来拯救你们了。

果子福利

沙坝盛产一种翠绿色的李子，虽然卖相看起来酸涩，可是放进嘴里香脆可口。村里人人家里都有或大或小的一片李子林，每年到了这个时候，孩子的背篓里，裤袋里，全是清油油的绿，沾满泥的小手随意抓一把递给你说，"老师，你吃。"胡卫是第一个给我们送李子的孩子，自从一开始不明情况的各位老师轮番为他打抱过不平以后，这孩子便一轮一轮地从家里给我们背东西来。那天一大清早他拉着妹妹飞奔到我们的"营地"外面，身上的背篓比他还大，远远地看觉得是一个背篓在说话"老师！给你们李子！"，大伙儿看着那绿油油的一筐小果子，虽然心里馋得慌，却没人敢碰，一边埋怨着胡卫让他以后别再从家往这搬东西，一边扒拉两口彭彭的鸡蛋拌面打发孩子上课去了。中午我下了课回来时，发现一大箩筐的李子只剩下了筐了，角落的水盆子里泡着几颗长得七歪八扭的。彭彭做着饭头也不抬，语气一如既往的炫酷："赶紧吃吧，要不一会

132

儿连渣子也没了。"

打那儿以后，每天都有孩子从家里给我们带来大袋大袋的李子，很快厨房里多出了一座绿油油的小山。当然，小山从来不会在那过夜便消失。某日，孩子王丁娜老师干脆直截了当地在放学路上拦下胡卫问："你们家的李子树还有李子吗"，胡卫眨巴眨巴眼睛快速点头说："有的，老师去我们家吧！"

下午下了课，丁娜，川云，我们三个人跟着胡卫、胡艳两兄妹到他们家里去，打算摘回些李子给同校辛勤耕耘的山村小老师们吃，也想看看这两小孩家的情况。我问胡卫他们家远不远，孩子说不远，要带我们走小路，兄妹俩上学都走小路，平时都十几分钟就到了。我乐呵呵地跟着去，结果所谓的小路就是一大片根本看不清路径的玉米地。胡卫在最前面，扒开几棵玉米，飞速钻了进去，我们佝着背跟在后面小心翼翼，玉米的叶子边像刀片一样锋利。我挪着步子走在最后面，每走一步鞋子都会陷进泥里，拔出来才能艰难地迈出下一步，心想这回头找水刷鞋又是一道麻烦的工序。这样的经历以后又遇上许多次，最后总结出经验，在沙坝这地方，拖鞋就是王道，什么泥啊水啊，穿着拖鞋照样趟照样过，所以真不能苛求山里的孩子必须遵守城里的规矩。有时候上课看到他们穿着拖鞋，我也就闭着眼睛走过去了，孩子不好意思地往里收收脚，让人觉得可爱又心酸。

四十多分钟后终于跋涉到了胡卫家，屋子在一个半山坡上，村里很多人家已经盖上了水泥房子，胡卫家的土房在这里显得与周围格格不入，胡卫把我们领到房子后面的李子园，低处的李子已经被摘光了，而树顶的李子却招摇得让人想马上变成一只飞鸟，飞鸟是不必了，咱们有小猴子。胡卫爬得老高，把衣服掀了起来，摘了李子往里扔，不一会儿便给我们摘了两大袋子，奶奶执意要留我们在家里吃饭，我们找了理由谢绝，匆匆给奶奶塞了几十块钱便返回学校。这次走了大路，手上提着两大袋李子，川云在路边看到了野果，放嘴里酸酸甜甜的，后来我在孩子口中得知它有个非常好听的名字，叫桃金娘，我们摘了一些放在随身的雨伞里，和李子一块，给学校里辛勤耕耘的那几个老师带了回去，也算得上是大家的一次福利。

幸福感加满

自打上次的李子开了个头，我们的食欲便一发不可收拾起来，终于意识到，在这样一个物质缺乏，适合过着神仙般清心寡欲生活的世外之地，对于我们这些还带着一身城市市井气息的人来说，吃，对于我们，无疑是最具有幸福感的一件事情。

< 包子 >

在这里的日子，我们吃得最多的食物是辣椒、茄子、豆角还有土豆。多是孩子们从家里给我们带来的，他们老是在上学时从家里顺带给我们带菜来，放下便害羞地跑开，每次都要满操场追着他们给钱。除了这些东西，最让人欣喜和期待的莫过于包子了。包子有两种，彭彭做的包子和"上帝"做的包子。彭彭是做包子的一把好手，咱们工具简陋，皮子是用啤酒瓶擀的，面板是用报纸铺成的，锅也只有一口，平时无论蒸炒煎炸，用的都是它。在这简陋的条件

下，彭彭做出来的包子总是一揭锅盖便一抢而空，来晚的只有干瞪眼的份，所以每次包子出锅前十分钟，大家就已经做好了冲刺的准备，因为面粉得省着用，吃包子那真是件十分奢侈的事情。有一天，"上帝"来了。家泠和继义在家访回来的路上看到了前面骑车叫卖的"上帝"，上前拦住一问，人家在卖包子，什么品种都有，荒山野岭竟然连面包也有，所以"上帝"的称号就是这么得来的。那晚我们坐在操场上尽情地吃着包子，幸福感再次爆棚。"上帝"从此嗅到了浓浓的商机，有时候坐在办公室里改作业也能听见他在学校门口叫卖，打那时候起，包子也就变得不那么奢侈了。

< 西瓜 >

随着对沙坝四周的环境日渐熟悉，大家从刚开始的只满足于正餐能吃饱，开始盘算着饭后的甜点来。西瓜第一次在沙坝出现的情况，对于我们来说就好像无聊的夜晚突然看到漂亮的烟花在空中绽放一样惊喜。卖西瓜的大叔骑着一辆摩托车，车后座架着一个大箩筐，和卖包子的"上帝"是一个造型，隔三岔五地会出现在村口，大喇叭里一遍又一遍地传出叫卖声。自从有了西瓜，我们的生活便由原来的温饱一跃飞升到小资，西瓜是晚饭后的消遣，每次遇到西瓜大叔我们都会一下买五个，买足一周的量，计划着每晚吃一个。这是一件想到便能让人感到身心愉悦的事情，作为我们白天欢悦的教学活动的升华，以西瓜作为一天的 ending，谁说不 happy 呢！

每晚八点从凉水中取出当天的西瓜，早已备好刀盘，切好后只要大吼一声，埋伏在校园各个角落里各自忙碌的九个人便蜂拥而至，各人拿起两块坐在操场上，吹着凉凉的风九个人对此感到无比的满足。

< 小脆 >

小脆，是米老头的三合一小脆，而且必须是海苔味的小脆，再者一定要是中坪镇的小脆。说起和小脆的故事，我们邂逅在中坪镇的三合超市里，那一日我和家泠跟随思瑶和彭彭到镇上买菜，逛到了一家小超市里，大家决定挑选自己的储备粮食回山里储存。小脆安静地躺在饼干区，银色的外包装格外扎眼，记不得是谁首先拿起了它，然后大家都随意地跟着买，打开一尝，发现真是极品，脑海中搜遍任何可以用来形容美好的词都不能用来表达当时的幸福感。之后的一段时间里，肚子饿了吃小脆，嘴巴馋了吃小脆，无聊了吃小脆，小脆在我们简单的生活里给我们带来了最简单的快乐，它和校长家小卖部的黑牛冰棍一道成了我们课余生活的好伙伴。

回来后我们四个人四处寻找小脆，翻遍了各大超市的米老头专区也没有找到小脆的身影。我曾经以为那又是上帝赐给沙坝的小脆，结果一次在表姐家里发现了它，静静躺在果盘里，无人问津。像见着了老朋友一样，我兴奋地打开一包来吃，却觉得索然无味。没有了沙坝的味道，小脆变得很普通，后来得知小脆其实还有番茄味和烧烤味，顿时觉得小脆不是那个朴实的小脆了，没了原来的好感，随之明白了爆棚的幸福感也只有沙坝能给。

　　< 天然浴池和天然浴池的鸡 >

　　天然浴池是信手拈来的名字，它因为形似浴池，再加上大家对于洗澡的渴望，遂得此名。实际上它就是一条小水沟，距离沙坝小学大概四十多分钟的路程。下午太阳落山后我们经常步行到那里洗衣服洗头，水清清凉凉的，炎热的夏天能遇上这么一湾清清的水，也就能过得很快活。

　　在贵州很难见到江啊河啊，离沙坝最近的水源也要走上一个多小时才能到，于是离学校最近的天然浴池自然也就成了我们"少见多怪"的游乐天堂。天然浴池住着一只鸡，我们每次去都能看到它在石头边上悠然踱步。当时大家正苦于太久没吃肉，这只鸡自然也就成为了我们眼中的尤物，雄赳赳气昂昂的它不知道此时它的背后有多少双杀气腾腾的眼睛正盯着它。当然最后它毫发无损，没有它在，天然浴池也会少一些生气。可后来我们还是吃上了鸡，川云到黔西县，县啊！从那么大一个城市给我们买回来了一只鸡。丁娜自觉地担上了养鸡的责任，每天溜它、捉虫喂它，后来大家看着那只鸡日渐消瘦，终于决定赶紧把它杀了吃掉。那天中午学校停了电，大家上完课无所事事，于是彭彭、缪缪、思瑶和我步行到一个烂石堆里拍照晒太阳，下午时家泠打来电话，说孩子们已经帮忙把鸡杀了，那晚炖了锅鸡汤，用鸡汤煮了面，给几个孩子吃个精光。

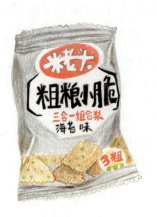

＜羊肉粉和牛肉粉＞

早在来沙坝之前，就听说过家喻户晓的花溪牛肉粉。到沙坝有一段时间了，心里也没怎么惦记着这事，直到一次彭彭和思瑶到中坪镇采购回来，花溪牛肉粉在她们的描述下好像突然发出了金色的光芒一样，说的人意犹未尽，听的人感到无限向往、神圣无比。讨伐了他们前往中坪吃独食的享乐主义后，我作了一个非常重要的决定，下次进镇采购时，我也一定要跟着去。

又是一个美好的星期六，我和家泠一大早便整装待发，做好了吃翻中坪镇的准备。路上一路颠簸。经历了来时的过山车经历，再行车在这条路上时，我们已经变得淡定无比，思瑶说直到瞄到了前面的一辆中巴车已经呈现了45度角的弧度前行，才明白我们当时的自身状态是什么样的。可是惶恐大不过对牛肉粉的向往，从车上弹出饥肠辘辘的四个人后车子绝尘而去。我们直接走进面前的羊肉粉店，都不约而同地把牛肉粉抛到了脑后，老板大概觉得这几个人新鲜，加之其中两人之前已经去过一次，也算是老顾客了，而这次的阵势更是不一般，给的汤料尤其多，一顿风卷残云后，四个人淡定地继续向牛肉粉店进发，中坪镇的牛肉粉店大概五六家，按镇子的规模来说算是不少的，平日里去的人不多，店里老板娘跟人唠着嗑，同样给了我们大分量。这趟中坪之行以圆肚皮告终，心里惦记着下次的中坪之旅，可是到离开沙坝时也未成行，大小算是个遗憾。

拿手好戏

　　沙坝有三绝,老彭的包子小睿的饼,如今说起沙坝的事情,这两样是一段不得不提的佳话。

　　上回说彭彭自觉担当起了给大伙儿做饭的角色,却奈何校长给咱的锅子底儿太薄,每次炒的菜沾锅底的部分都能糊掉一大块,开饭时大家的嘟嘟囔囔成就了彭彭那句炫酷拽的口头禅"别挑了,能熟就不错了!"所谓不当家不知柴米贵,几天下来,大家对于彭彭的手艺便产生怀疑,每次吃饭都忍不住低声轻问"难道真是锅的问题?"直到有一天,家里没了米,没了菜,角落里寂寥地躺着几个入不了眼的萝卜,大伙儿那一日下了课饿得头昏眼花,却吃得清汤寡水,就盼望着听到"上帝"叫卖包子的声音。等到晚上八点钟,无果,我正打算洗洗睡了去,突望见厨房里彭彭拿个啤酒瓶在那擀着什么,接着便传来思瑶千年复活一般的叫声:"哇!老彭!你太牛了!",众青年们闻声赶来,扫雷的不扫了,喂虫子的不喂了,唱歌的也停止了，几个脑门儿往彭彭身边一凑，她居然在做包子。啤酒瓶在她手上还溜得挺顺，大家耐着性子等待了一个小时后，包子新鲜出炉了，一个个白白胖胖，仿佛闪着光芒一样。一口咬下去，原本看起来暗淡的萝卜居然放出了金光，大家脸上满足的表情跟那电视上的广告一个样。只可惜还是物资有限，包子一人一个，一个一口，就这么没了。但彭彭最终用包子证明了自己的厨艺那是留了好几手的，从此再吃烧煳的饭菜时大家便开始盯着锅骂，彭彭的一手好厨艺就给这锅糟蹋了。

说到小睿的饼，那也不是轻易外露的传家手艺。自从上次彭彭给大家做了包子，小青年们的胃便被养活了，每天心心念念除了正餐饭菜之外的东西。彭彭第二次给大家做馒头时还稍微剩了些面粉底子，我看那啤酒瓶擀面挺好玩，便也想伸手试试，这一上手便一发不可收拾，让彭彭给我整来了辣椒和白糖，照着在家时爷爷教给我的方法，先把面擀成一块饼，在上面抹上油和辣椒，卷起来打一个圈，然后啤酒瓶在那么一擀，上锅，关键的一步来了，这饼在锅里光烙还不行，还必须得摔，这样饼才会分层，才能成为千层饼。锅被我摔得咣咣响，大伙儿又闻声而来，喝彩鼓舞，满心欢喜想着又有新鲜东西下肚了。那天正值思瑶犯了头疼的病，已经大睡了三天，烙饼烙得畅快之时，突然听到房间里一个久违了三天的声音大吼一声："我要甜的！！！！给我留个甜的！！你们谁敢动！！"，大伙儿突然感到了"一大波思瑶正在接近"的杀气，也顾不得安危，拿了饼便一哄而散，又去扫雷的扫雷，备课的备课，唱歌的唱歌，打电话的打电话。思瑶冲到锅前时，只剩下了半块甜饼，她骂骂咧咧吃了下去，第二天病就好了。

向飞机许愿

孩子们给我打电话时常会问，老师，你知道我们现在在干什么吗？我们在看星星。沙坝的孩子们夜晚喜欢到自家附近的山坡上看星。没有网络，没有电视，他们接收到的外界信息十分少。生活中除了繁重的农活，剩下的就是山上的花花草草。他们的内心感受都直接来源于大自然，因此性格像花草，奔放或安静，都不缺乏简单美好，比城里孩子多一些纯净和天真，少一些浮躁和匆忙，看星星的情怀不是所有十来岁的孩子都能拥有的。

沙坝的星星很多，夜幕降临的时候是星星的主场时间，它们常常把夜空填得满满当当的，差一点就看不出缝隙。夜晚，我们的操场不开灯，却被夜空里的星星照得很亮，偶尔有飞机在密密麻麻的星群中穿过，夜航灯一闪一闪的，这种景象很像是流星划过，但也可能是真的流星，却被我们误以为是飞机夜航灯的可能性。反正很多次我躺在操场的长椅上看星星时，只要看到拖着尾巴的光就一定得许个愿望，可是照我目前的实现情况来看，当时夜空里的闪光应该都是飞机的夜航灯，敢情我是对着飞机许了那么多的心愿。可是那些愿望应该都被星星们听到了吧，可能它们都还记着呢，总有一天它们也会变成流星，那时应该还会记得在某个黑漆漆的夜晚躺在长椅上对着飞机真诚许愿的二姑娘。

守着这快乐

　　很容易就习惯了这边没有水，几天洗一次澡的生活。某次彭彭洗了澡回来，我惊讶地发现她整个人白了一圈。这里的每个人都只要一点点，就能感觉到满足。一次彭彭爬到桌上拉开走廊的灯，灯亮的那一瞬，我们觉得神圣无比。还有一次家泠和继义家访回来，在荒无人烟的山路上发现前面有人骑车卖面包，于是我们晚上吃上了奢侈的面包，心情大大的爽快。这里的一切都让我觉得有些事情不必弄得那么复杂，比如有孩子给我送花了，我觉得特别高兴，就这么简单，他们只会用最简单的方式表达情感。这里的孩子一直生活在山里，所有人中去过最远地方的只到过黔西，他们没见过别的，在他们所知道的东西中，他们认为花最美，所以他喜欢你就会把自己认为最漂亮的东西送你，你说谢谢，他们就咯咯笑。

　　来的时候，我想我能给他们带来很多东西，但是来了之后，我觉得实在是太无力了，就像有时候晚上做梦，想动却动不了。我并

149

不想告诉他们外面的世界有多好多精彩，让他们一定要好好学习早有一天飞出大山，这模式并不是对每一个人都是好的。我告诉他们无论如何都要热爱自己当下的生活，简简单单地做一个善良的人，能一直守着他们现在所拥有的快乐就是最好的了，做到了这些，如果还能有一个梦想和追求梦想的勇气，那便能够成为一个人人都羡慕的人。

真心话大冒险

    彭彭在沙坝的生活除了每天给大家做做饭，外出爬爬山，拍拍鸡鸭，照照猫狗，骂骂思瑶外，还自觉揽下了五六年级班主任的活儿，语、数、外全不沾手，只给孩子们开了一门课，叫作《社会课》。用彭彭的话来说就是"他们以后出门打工赚钱，总得知道怎么买火车票，怎么问路吧！"

    山里的孩子因为从小的生活环境封闭，总要比其他的孩子沉默、自卑一些。班里被彭彭封为天王的几个最闹腾的孩子，恐怕没有几个孩子是不害怕上这门《社会课》的。彭彭的课充满了她本人的风格，或者叫作寓教于乐，说白了就是玩儿，真心话大冒险是这门课最主要的教学方法。

    彭彭限时让孩子们轮流到台上唱一首歌、朗读一首诗，或是回答一个问题，目的在于锻炼孩子们的胆量，提升他们的自信。若是做得不好，不愿意到台上表现自己的学生也有选择，那便是真心话大冒险。通常选择真心话的孩子无一例外都会被大家提问同一个问题"你喜欢的人是谁"。这样的年龄恐怕也只有这样的问题最能勾起大家的兴趣了，可是问多了大家也便觉得没有意思，大冒险活动便应运而生。彭彭每天绞尽脑汁地想出各种各样的冒险，比如到办公室里找一位老师说"我是最棒的！"或是"我能给你唱一首歌吗？"之类。

某日我与家泠在办公室里偷思瑶的小脆吃，突然听得门口三个男高音千回百转地唱着张芸京的《偏爱》，"我！说！过！我！不！闪！躲！"每个字几乎是用尽全力吼出来的，毫无美感可言，我和家泠被吓了一个趔趄，就怕是思瑶来了。出门一看，王巡、游成园和金童三人躲在办公室外墙后面唱得投入，脚上还打着节拍，似乎完全被自己的歌声陶醉了。家泠大嗓门儿一吼，仨人一哄而散，她上次追到男厕所把他们活活拽出来的事看来对他们的威慑不小，并不是所有长得漂亮的老师都是温柔的。

中午下了课彭彭坏笑着走进办公室："怎么样？天王们的歌声动听否？"大家这才明白这是彭彭真心话大冒险的招数。打那天一起头，便再也不可收拾了，大家课后七嘴八舌，出招的出招，吐槽的吐槽，之后校园里流传的诸多八卦全是在这个时候流传出来的。孩子们的小秘密总是很多，无非就是谁喜欢谁，谁又喜欢了谁，在那个美好的年纪里，有这么一段能让长大后的自己笑出声的往事，其实也是值得回忆的啊。

丁老师的实验室

　　就在我们自己清理出来的厨房兼卧室旁边，有一间社会公益人捐助的实验教室，教室里实验器材齐备，酒精灯、显微镜样样具备，只是因为学校里没有化学老师，器材全都堆砌在角落里，桌上也落了一层厚厚的灰。

　　发现它时最开心的人无疑是丁娜这个学化学的姑娘，平时我们几个课余饭后一般都会坐在一块儿聊聊天儿，逗逗乐儿，丁娜的课余生活只有打电话和抓虫子。打电话一茬自是不必说，恋爱中的孩子；抓虫子的爱好对于一个女孩子来说却实属稀有。夏天的傍晚我们嗑着瓜子聊天之际，常看到娜娜拎着几只分不清到底是蝴蝶还是飞蛾的东西往人群里兴奋地奔来。

　　一日下午，娜娜找来几个孩子，共同把实验室清扫干净，打算从此以后给孩子们把实验课开起来。孩子们平日里干惯了活儿，打扫起教室来就是一眨眼的工夫，待我下了一堂课回来，实验室已经焕然一新。当晚娜娜便抓了一只癞蛤蟆来，放在一个箱子里，和她的小"蝴蝶"一块儿养在了实验室里。之后每天娜娜都会按时在打完电话之后给蛤蟆捉来苍蝇小虫当晚餐，乐在其中不能自拔，不时领着孩子们去参观一番，这一来实验室里的成员就越来越多了起来。孩子们深知娜娜老师对于昆虫的喜好，每日上学路上都顺手捉来各种各样的昆虫，天牛、知了、屎壳郎，实验室最后变成了昆虫世界。

将要离开沙坝的时候，娜娜把昆虫们全都做成了标本，开心地向大家展示她的实验成果，山村小老师们一口一个赞，大拇指翘得老高，心里想的是终于敢接近这间教室看看它的样貌了。果不其然，几天后，锅碗瓢盆入驻，二号厨房正式成立，大家高兴得就差剪彩庆贺，家泠从我这学了一手摔饼的功夫，竟也开始给大家做起吃的来，化学实验室完全沦陷为"填饱肚子实验室"。

一个也不会少

"老师,我们再也不会来烦你们了",某日外面哗哗地下着大雨,我们在办公室里坐着发呆,"天王们"突然跑进办公室,往桌上放了写着这么一行字的字条就往外跑,一时间把我们弄得一头雾水,怎么叫也叫不回来。家泠是个急性子,突然看到这么一行字,急得脾气一下就上来了,也顾不上外面的大雨,一下冲了出去追这几个孩子。思瑶从三年级下了课回来,听说有这么个事儿,扔下书本也一溜烟儿泡了出去。彭彭从楼上教室里下来,一脸的不快和失望。

当时已经临近八月中旬,还有十多天我们就要结束这次的活动离开沙坝,不知道以后是不是还有机会和这些孩子们见面,在这待了二十来天,越来越感到自己根本没有办法去实现最初的设想,更无力去改变什么。

我跑到楼上教室里,孩子们安安静静地坐着,谁也不动,谁也不出一声。走上讲台我问刚才是怎么回事,罗庆小声地告诉我,因为"天王们"上课说话，彭老师怎么说也不听，所以把彭老师惹急了。这时家泠和思瑶已经把三人强行拽了回来，看他们走进教室的那一刻，我心里突然觉出一股酸涩，眼泪说话间就要往下掉。"天王们"走到自己的座位上也不坐下，就那么站着，一看就知道是平时被老师罚习惯了。我示意他们坐下，三个人仍然一动不动直愣愣地矗在那儿，头压得低低的，让人觉得好气又好笑。我转身在黑板上写下了我们到来的日期和将要离开的日期，让大家算算还剩多少天就要分别，我一直没敢转过身去看他们，傻了吧唧地盯着黑板不知道自己嘟吧嘟了些什么，只记得最后好像说了句矫情却是真真儿的道理的话"永远不要放弃你所想要的东西。"说完眼泪就啪啪掉。

后来我提前下了课，让三人回家把衣服换了，三人闷着脑袋跑走，当时我在心里觉得他们应该是不会再来了，这样的孩子已经习惯了用逃避的方法来面对无法解决的问题。谁知半个小时候王巡首先出现在了校园里，换了一身衣服，脖子上还系着一条红领巾，嬉皮笑脸的模样竟让我们觉得这孩子有些可爱了。

一个错误的决定

　　还记得我自己在上学的时候，最讨厌的就是老师课后专门给某一位同学开小灶，总觉得那是偏心的表现。大了懂事了些，便也想得清楚老师也并不是圣人，怎能没有偏爱的学生这种事，因此在沙坝我也秉承着这样一个观念：勤学的学生自然会来找老师，而不能自觉来找老师解答疑惑的学生老师自然也顾不上关心。邵婷是个勤学好问的好学生，学习成绩好，是学校重点培养的好苗子。我给邵婷所在的六年级上英语课，相处的过程中发现这个女孩子对于学习总是保持着浓厚的兴趣，便自觉提出要给她课后补习英语的建议。之后连着几个星期，每天的中午放学过后我都让她带着她哥哥的中学书本到办公室里来，给她讲学习方法，预习书本知识，之后班里另一个和她玩得很好的女孩子也加入了补习行列。后来因为邵婷说想要补习数学，我便把工科出身的继义拉了进来，可是越往后我就越发现，给孩子单独补课这事是我做的一个绝对错误的决定，和邵婷一块来的女孩子上课并不会专心听讲,有时候看她走神走得厉害,轻轻叫她一声,感觉她好像从另一个世界里回来的人一样,而邵婷是学到不少东西,却感觉她自我膨胀得厉害,没事就往我们几个人身边凑,越来越疏远自己身边的同学。我从没有想过自己作为一个老师,这样连自己曾经都觉得是偏心的行为会给其他的同学造成什么样的伤害,会给被偏心的孩子造成什么样的不好影响。

从沙坝回来后,邵婷每个星期都给我打电话,每次都免不了诉说家里的情况有多苦,期间还写过两封信,印象最深的是她的弟弟邵婷昭的一封信里最后说的一句话:"老师,我想当兵,可是我的手上有文身,是以前不懂事的时候别人给我弄的,听说这个东西可以洗掉,您能帮助我吗?"当时看到这样的话不知道心里是什么滋味,一来是我并不相信一个三年级的孩子能写出这样的话来,二来是我开始怀疑我们支教这个举动到底教会了他们什么,是可以理所当然地向别人寻求帮助吗?其实这个问题完全可以上升到我们整个社会的问题,做公益的目的和方法真的需要我们去好好地思考,如果因为同情而盲目给予他们太多的东西,别管是物质上的还是精神上的,都会让他们对别人产生深深的依赖感,把弱势变成自己的工具,而不是想办法去改变它。之后邵婷给我打过好几次电话我都故意没有接,我知道自己这么做可能会对孩子的内心造成伤害,而我也打算找一个适合的时机,找一个适合的方法,告诉她这些道理,她曾经对我说,姐姐,我想去找你。在沙坝的时候我曾经很想带他们到城市里看看，吃吃好吃的，玩玩好玩的，但是现在我却不想让他们这么快走出那座山，正如歌里唱的"外面的世界很精彩，外面的世界很无奈"，我担心他们会经不住诱惑丧失了自己，也担心外面世界的残酷粉碎他们的希望。

签名还在吗

在沙坝的日子过得浑然不觉……想到离开这里的一天，就提前感受到莫大的空虚。这里的一花一草一木都那么可爱，孩子们，向日葵，玉米地，狗尾巴草和野百合，他们早就成了我世界里的一部分。因为自己的慢热，等我反应过来时，已经是要走的时候了。

那一天有孩子拿本子过来找我说，老师，你给我签个名吧，我才意识到其实真没有几天能和他们在一块儿了。他们拿出自己最好的笔记本，翻开崭新的一页，轮番找我们九个人，让我们写下自己的生日和联系方式，我问他们留着这些东西干什么，他们说想你们的时候拿出来看看。更哭笑不得的是一年级的小孩子大概是看到哥哥姐姐们这么做了，也从作业本上撕下一页纸吵闹着要签名和联系方式，彭彭说他们转身就不知道会把这些纸扔到哪里。是啊，我们只不过是陪伴他们度过了一个暑假的几个伙伴而已，以后在他们的人生中还会遇到各种各样的人，他们来了又走，来来去去的总会习惯。回来后一段时间里很多孩子老是给我们打电话，向我们汇报自己在学校里的情况，很可爱的是低年级的孩子仍然喜欢在电话里告状，使我们既无奈又觉得好笑。再过了一段时间，打电话的人越来越少了，偶尔会在节日里收到一条来自陌生号码的短信，开头总是：老师，在干吗，节日快乐。

情感的表达方式有很多种，我们并不需要总是选择最强烈的那一种，恨不得倾尽所能让对方知道，或许我们可以选择将内心的感受沉淀下来，好好呵护，小心翼翼地收藏着，直到有一天你以为自己都已经忘记了它，可是在某个不经意的瞬间，它又会重新浮上来，这时我们会更清晰地看到这段情感在自己内心里的价值，再想起时，简单的问候，日常的关心就足以道尽自己的真情实感了。正如这次对于沙坝的回忆，两年过去了，我认为自己已经忘记了当时的许多事情，可是敲打键盘时，许多细节像电影回放一样涌现出来，当时每个人的表情和语气我都记得那么清楚，随便摘取一个场景都能讲出当时的故事，真是让人感到惊喜。

彭彭的生日

给彭彭过生日是大家蓄谋已久的计划。川云出门办事特意买了一只鸡回来，娜娜用绳子拴着它养在实验室门口外，每天领着它溜达散步不说，还天天给它捉虫子吃，想养到彭彭生日就把它宰了来慰问大家的肚子。生日当天，川云和小马哥从黔西回来，又买了个大蛋糕，白日里沙坝停了电，孩子们上不了课在操场上撒欢玩，彭彭、思瑶、缪缪和我四个人带了最后几袋吃的东西，到石隙上躺着聊天晒太阳去了，之后突然接到家泠电话，说是王巡他们几个主动要求帮忙，把鸡杀了，让我们赶紧回来参观指导。我们听闻立马折返回到学校，正遇上"天王们"架势十足开始动刀，孩子们想必是在家里看过大人杀鸡，懂得那么些理论，可这实际操作起来也是一个头两个大，加上我们的刀非常的钝，这鸡最后是怎么惨死的过程真是不忍描述。最后拔了鸡毛，发现这鸡比刚来时瘦了不止一大圈，晚上彭彭炖了汤，给孩子们分了喝了。

傍晚之时，正式的狂欢开始，孩子们从四面八方赶来，最让人意想不到的是大家手里几乎都抱着些吃的东西，可乐，蛋糕，还有从校长家里买的小零食，让人心里觉得很过意不去。倒了饮料大家碰了杯，说了一些祝福的话，切蛋糕时不知是谁起了个头，抹了一把奶油在金童脸上，然后蛋糕大战的序幕就拉开了。对于孩子们来说，玩果然比吃更重要，满校园里各种奶油炸弹埋伏着，当天最惨的当然是寿星彭，最后被孩子们逼到了墙角围攻，成了奶油人。因为没有水洗澡洗头，大家身上黏糊糊的够呛，相信那个生日对彭彭来说应该很难忘。

彭彭和思瑶跑路了

彭彭和思瑶过完生日的第二天一大早便拎了包跑路了，实际上再过两天大部队就要整个撤离，她俩非得这时候走是因为昨天彭彭生日时发生了一件不开心的事情。

傍晚时孩子们抱着各种零食来给彭彭过生日，校园里当时还剩下几个孩子没回家，我们招呼孩子们都过来一起吃蛋糕，小天王罗翔可能是觉得大家都带了东西来，自己什么也没有，怪不好意思的，便要离开，我们说什么也不让孩子走，就想着大家在一起图个开心热闹。罗翔脾气倔，好不容易让金童把他逮了回来，不一会儿发现他不见了，正在校园围墙上要翻墙离开，川云也不知当天是遇到了什么不顺心的事，看到罗翔这举动便一股火气冲到头顶上，把罗翔吼了下来质问他为什么一定要走，两人最后起了冲突，川云打了罗翔一下，当时我们就愣了，反应过来之后觉得十分的生气。思瑶那火暴脾气直肠子更是没有办法忍受，当下就和川云冲了起来，几乎是朝着他奔了过去，开口便骂："你凭什么打我的学生！"因为彭彭的生日还没过，大伙儿劝着终于把两人劝了开，蛋糕大战缓和了一些僵硬的气氛。

第二天一大早，天还没有大亮，彭彭就背着包翻墙走了，早晨大家起来时听到外面一位大妈说，"哎哟，早上有个姑娘从墙里翻出来了！"思瑶和缪缪起床后也开始往外走，当时正遇上孩子们上学，怕在路上遇上孩子遭问，便让我和建兴掩护着离开，可是走到村口的时候还是遇上了邵婷，孩子问："老师，你去哪里？"思瑶打着马虎眼儿说到中坪买菜去，一下跳上了车子，当时看到邵婷的表情，觉得她是有所察觉的，之后听思瑶说起这事，她说当时要是多看邵婷一眼她当天就走不了了。

告别演出

　　思瑶和彭彭走了之后的第三天，是如期举行的告别演出，为了这个演出，早在一个星期前家泠就开始忙着选节目，排节目，找演员。本来定了思瑶这个大话痨来当主持，以活跃气氛，撑起这整个场子，谁知道思瑶这突然一走，那一晚上大家着实方寸小乱了一番，连夜商讨应该怎么把之后的演出稳住。最后娜娜自告奋勇当起了整台晚会的主持，老师的唱歌和表演部分则以带领学生们走秀的形式进行，最后总算是把彭彭和思瑶的空缺填补了。

　　当日的演出进行得并没有预想中的顺利，一会儿遇上音响放不出来，一会儿找不到孩子们，场面混乱不堪。英雄通常在这个时候就应该出现了，杜星并没有节目要表演，却自觉地跑过来对我说让他负责音乐的播放工作，机器这种设备我本来就玩不转，将信将疑地把任务交给了他，谁知道孩子把这工作进行得有理有条，哪哪该切歌，哪哪儿该停止，认真的表情像足了整台演出的大导演。其实孩子们平时做那么些坏事，变成别人眼中的坏孩子，不过是因为缺少太多关注和关心而已。演出过后我们给孩子们煮了面吃，大家吃完一哄而散，远远地我看到杜星自己蹲在地上洗大家的碗筷，心里再一次因为自己第一次对他们的认定感到惭愧，如果平日里有人给他们正确的引导，凭他们那个聪明机灵劲儿，一定会成为不一般的人，因此到了最后我们更是觉得这短短四十天，我们的到来根本改变不了什么东西，很无奈，很无力。

话剧天团

话剧天团的成立是因为思瑶和三年级孩子们的一拍即合，当时流行着《喜羊羊和灰太狼》的动画片，孩子们嘴里唱的，手上玩的全是和喜羊羊有关的东西。思瑶平日里给孩子们上作文课，一日下了课兴冲冲地跑到办公室里说要给孩子们排话剧，就演一出《喜羊羊和灰太狼》。思瑶属于闪电行动派，自打主意一出，连着几日拉着建兴和她一块儿做出了话剧演出用的面具，发到孩子们手上时把他们开心坏了，排起节目来一个比一个带劲。

经过一轮演员自荐和选拔，最终决定由会临场发挥、自创台词的胡卫饰演男一号——灰太狼，而女一号——红太狼则由家里有间小卖部的女孩出演，小美女班长尚晶负责出演村长一角色，因为她作为学校里的大队长，平日里总是给同学们出谋划策，担当着领导的任务。小羊们由邵婷昭、罗雪等同学鼎力出演，小小话剧团就在思瑶这个不靠谱的大导演的组织下风生水起地成立了。当日的演出中因为思瑶缺席，本来大家担心孩子们因为没有了主心骨，会感到不知所措，结果完全出乎我们的意料，小小话剧团往舞台上那么一站，台下便掌声雷动，胡卫的表演逗得观众们捧腹大笑，连连称赞，使我们不得不佩服孩子们那些有待挖掘的天赋和灵性。

最后一课

和家泠上最后一节课的场景在不断回放。

"那片笑声让我想起我的那些花儿，在我生命每个角落静静为我开着……"那天是教了这首歌吧，也许他们还没有真正明白这首歌的意思。有些人有些事只是我们生命中的过客而已，他们来了，他们最后又走了，一个接一个的，我们都必须去习惯这样的人来人往，没有谁能一直陪着我们到最后，这是早就应该明白的道理。

下课铃声响后，最后一首歌——《再见》，孩子们唱着，我们就泪奔了，不敢看孩子们的脸，我原本不想那么矫情，但是看到他们用哽咽的声音努力用心唱着的样子，眼泪就控制不住地往下掉。起立说"老师再见"的时候，我背对着他们，很难面对这样的场景，彭彭和思瑶提前一天跑确实是明智的选择。

下了课和家泠进了办公室我俩就那么一直哭，想停也停不住，胡卫眼巴巴地趴在门口，不一会儿还写来了纸条，这个孩子每次

170

犯了错误都会给老师写纸条认错，这次他没有犯错，却还是写来了纸条，歪歪扭扭的字迹："老师，你们不要再哭了，要不我也要哭了……"

　　再次上楼的时候，孩子们没有像往常下课一样出去疯玩，每个人都在教室里蒙着脑袋，也许这是这四十天来他们第一次真正地意识到，我们确实已经如歌里唱的"我明天要离开……"后来王巡在电话里给我说"我会尽力看书"，让我心里有稍许的安慰，能改变一个孩子，我这次就是不枉此行的，但是随之又感到担心，害怕他们会忘记自己承诺过的话，实际上我们做得再多，以后也只能靠他们自己了。

　　记得家泠冒着雨把那三个孩子追回来的那天，我在教室里对着全班，说"该学会争取"，不管争取什么，我觉得作为对自己负责任的每一个个体，我们总该为自己争取点东西，也许不需要每个人都走出大山，我坚信每个人都有自己的想法和不同的情况，山里的他们也一样，就像思瑶对他们所说的"要热爱自己的家乡"。不是每一个孩子都有相同的抱负，有人想去北京上海，有人只想尽早赚钱养家，很多孩子是在忙碌的农活中抽空读书的，在那样的环境中成长的他们，其实也有很多我们理解不了的无奈，大山给了他们比外面的孩子更多的玩性和顽劣的性格，那是深植在他们骨子里的，很难改变。

　　把我们送上车的时候，他们哭得很伤心，这是我没有想到的，很遗憾临走前才刚开始了解他们，都是很重感情的孩子。车开的时候我给他们发了短信，希望他们能走一条正确的道路，我没有奢望他们能安心读很多书考上大学，那对于他们来说是非常不实际的。事实上他们有的今年年后已经到广州打工去了，可能早一些自食其力，挣钱养家能让他们更快的成熟懂事起来，祝福他们。

不写教案的辩白

回来后整理物件，发现自己在沙坝写的教案。在刚去的头几天里，我每天伏案到深夜，写得详细认真，可不幸到了中期便夭折，教案本后部分空白一片。其实算不得我偷懒，因为之前上课根本就没按着写好的教案来走，计划好教的东西，到了课堂上才发现孩子们还有比这更需要的，于是后期便堂而皇之地逃避了写教案的要求，根据随堂发现的问题随机教学，这样能让孩子们在最短的时间里学到他们最需要的东西。

这个时候我奇迹般地忆起了大学期间我学得不怎么好的专业课里有一个著名的理论，叫马斯洛需求层次理论，马斯洛将人的需求分为五种，这五种需求按照层次不同呈现金字塔形状，最底层的是人的生理需求，其次是安全上的需求，再次是情感与归属的需求、尊重的需求、最后是自我实现的需求。我们认为孩子们的拼音差，算术差，作文差，英语差，所以假期支教专门开辅导班给他们补习这些功课，可最后发现效果并不明显，我们走了，他们还是没有多学会几个拼音、几道算术题。为此我曾听到一些人的议论，到底是短期支教真的无用，还是我们对于它的定义太狭隘？

孩子们大多属于留守儿童，对于情感、安全和尊重的渴望都要大于其他一切需求。比起英语，孩子们更需要的是一双能看到外面大千世界的眼睛；比起拼音，孩子们更需要的是能够陪他们说话的人；比起作文，孩子们更需要的是有人去理解他们的心事；比起算术，孩子们也许更需要的是听一个数星星的故事。送他一支笔对他的激励比教会他一个英语单词的能量更大，陪他躲一个猫猫或是傍晚坐在操场上听他聊聊他的家庭和成长经历，比教会他写一百篇作文更能让他受益，这些是短期支教能且只能给的。

后记

，

去沙坝，是目前为止我做过的最不后悔、并且觉得说起来还必须臭显摆、穷得瑟的一件事，之所以怀着那么不低调的心态去谈论它，那是因为当时的我把青春期该有的全部叛逆都用在了这次决定中。其实支教不过是到另一群人居住的地方和他们一起生活、学习、成为朋友，这听起来并不疯狂，做起来也顺理成章，并且有很多人正在尽自己所能地做着这件事，绞尽脑汁、亲力亲为地想把这件事情做到最好。他们长期走访各种物资短缺的学校、联系志愿者、与政府沟通、筹备物资等等，和这些人比起来，我这种自以为了不起、顶天了的决定实在是显得怂极了。

四十天后回来，我失语了差不多一个月，所有能用的词汇基本上就是"哦、嗯、啊"，很多人问起关于沙坝的事情，我不知道说什么，也不知道怎么说，更加不知道应该从哪里说起，因此大家能看到的我的变化无非就是黑了几大圈、瘦了一丁点、并且还自闭了起来。

听说有这么一种恐龙，被砍断尾巴后数小时才能觉出痛来，所幸的是一个月后的自己又变回了藏不住心里话的话痨，在对别人的絮絮叨叨中，我逐渐理清了沙坝给自己带来的感受，什么感动、快乐、深刻之类的大众化词汇就不必再提，说泛了怕是大家要跳页，单就让我发现自己居然有烙饼这项才艺这一点就证明我这沙坝不虚此行，况且还认识了这么多臭味相投的朋友和信任自己的孩子，怕是再没有比这让我觉得更幸运的事情了。

噢，哪样

彭彦

178

序

二〇〇九年，我陷在生活的**倦怠**之中，长年的**工作勤恳**换来半年的**带薪假期**。

我决定用这些难得的时间去做另一件多年来一直想做，而从没有时间和精力去的事——**志愿者**。

方向有一两个，一是可可西里保护藏羚羊志愿者；一是支教志愿者。前者已过了申请期，只能等来年，而我的时间等不到来年；后者一个暑期支教志愿者的计划进入备选。目标既定剩下的就是积极申请、准备等待最后的挑选结果。我不知道这个过程的复杂，反正后来思瑶和小睿说对于她们在校生来说，那是一个比较复杂的挑选和竞争过程，而我相对于来说庆幸的多，就是在一个**初夏**的晚上和考核人煲了大概一个多小时的电话粥。

挺进沙坝

爬上绿皮火车叮哐叮哐一夜，我就由湖南到了贵州省贵阳市与同期的其他志愿者汇合，见了面才知道原来我是这支队伍里年龄最大的，因为大家都是在校大学生。跟他们混一起，俺还能刷刷绿漆装嫩。

贵州省毕节地区黔西县花溪乡沙坝村小学，这是第一次会议后我得到的地名，也是我和其他几名志愿者即将奔赴的村小学。在谷歌地图上认真的扫描了老些时间，那个地方地图上还真就找不着。

二〇一〇年七月十八日，奔着这个吉利的大日子，一行人浩浩荡荡的开始出发了。奔向未知的一个月，沿途分手，沿途告别到最后终于就剩下我们这一队八人趁黑摸进了沙坝村小。在方校长家草草用过晚餐之后，男女生各挑了间教室，拼起桌子算是床，倒头便睡。没有刷牙、没有洗脸、没有床、没有被子，倒是有蚊子和跳蚤一夜数次来访成果丰硕，有第二天的无数大包和小红点作证，在今后的一个月里我们经常数着身上的红点比战绩也算是工作之余一大休闲。

天放亮，下起了小雨，不知是不是老天爷为了洗去我一身的尘土气，以融进这个宁静而单纯的小村庄。一天的筹备时间，打理我们的住处，总不能老窝在教室里。寻来寻去找到一间图书室和阅览室合在一起的大房间，中间用幕布和大黑板隔开，男左女右，我们就此隔帘而居，顺便当上了学校临时图书管理员。

打扫停当之后，开始想办法祭五脏庙，总不能空着肚子干革命。米、油、盐好办，村里有现卖的，而菜可就没有。本着不扰民的原则，我们放弃去老乡家买菜的想法，因为当地少水，农作物基本只有玉米，菜地每家就几株自己吃的，还得挑水去浇。说实话，俺不得不佩服自己居然在没有菜的情况下，就着几包袋装零食和半包干粉丝做出了三个菜，暂时填饱了八个人的五脏庙，在当时的八个人中就此项工作来说我应该绝对是天才。

天大的沙坝

    沙坝村小是周边几个村规模最大，建制最完整的小学，从一年级到六年级，基本课程开设也正常，所以周边村有不少孩子在沙坝就读。大概有百分之五十以上的孩子从家到学校得走四十分钟以上山路，有百分之二十左右的孩子从家到学校得走两个半小时以上山路。学校七点十分上早自习，也就是意味着最远的孩子要在早上四点半起床做饭，然后走到学校上课，中午不吃饭，等到下午三点半下课之后再走回家吃晚饭，而很多孩子下课之后还不愿意走，想学学特长班的课程，那就意味着得五点半之后才能走，到家最早也得七点半，然后吃饭。曾问过很多孩子，问他们饿不饿，他们说玩着玩着就不饿了。

    孩子中大概有百分之八十，父母都在外打工，家里只有爷爷奶奶或是外公外婆；大概有百分之十，父母之中有一位留在家里；可能有不到百分之五，非常有远见的父母都留在家里照顾孩子，至少家访时在我们班见到了两家。他们是幸福的，因为父母说在外赚钱虽然多一点，但把孩子荒废了，不如在家，虽赚的少一点，辛苦一点，但是能管孩子，可以让孩子将来过得更好一些。

留守的孩子大多寂寞，喜欢跟人聊天，没事的时候，我喜欢跟他们有一搭没一搭地聊聊，孩子们说不愿早回家的原因第一是因为学校可以玩，第二是因为回家要干活。十一二岁的孩子大多没去过县城，不知道县城什么样，不知道红绿灯、不知道公交车、不知道人行道……少部分孩子连中坪镇都没去过，因为坐车太贵，因为爷爷奶奶太老、太忙没时间带自己去，他们不知道镇上有油条、有米粉、有超市，对于他们来说，沙坝就是整个世界，有山、有水、有玉米地。孩子的父辈通常远在广东、福建、上海，赚钱较多的会偶尔一次带孩子们去开开眼，赚钱少的基本上连一年回来一次也保证不了。我跟孩子们说，爸妈会打电话回来，到时你们就说自己想去看看，看看城里什么样。孩子们说不敢，怕。在外赚钱的父母，一年也难得回家一两趟，子女交流根本谈不上，更不用说知道孩子的愿望了。

大多数孩子的理想就是读到初中毕业，然后去打工赚钱。他们哪知道打工不仅仅是两个字，而是生活的重担。

其实我们为什么赚钱，为什么忙碌，到最终我们终究又错过了些什么，又有多少人会去想。

向日葵小学

　　小小的校园里布置挺有意境，有歇凉的长椅，有石桌石凳，还有高大的线秋树，更有几株阳光灿烂的向日葵，每天对着太阳迎来送往。村里的主要农作物是玉米，放眼四周学校就淹没在无尽的玉米地里。不知这是一个浪漫的村落，还是一个实惠的村落，不管是谁家的玉米地里总会三三两两的夹杂着种些向日葵，金灿灿的甚是惹人。因为同好摄影，我与思瑶常常陷在那些金黄之中不能自拔。曾问过好些学生为什么地里要种向日葵，他们说可以吃，看来这是个喜好瓜子的村落。

　　学校里那几株向日葵长势很不错，是校长的宝贝，对孩子们三令五申那是不能随便乱碰的高压线。于是我们常常借题发挥想办法让孩子自觉去喜欢，带着小一些的孩子去观察之后画画，让大一些的孩子去观察之后写作文或是带他们上摄影课的时候拍照片。时间长了孩子们自然就爱上了，玩耍的时候会有意无意的绕开这些宝贝，到我们要走之前给他们拍的照片居然是抢着和向日葵一起拍，看来他们也开始觉出美好来。临到走时，早些的向日葵花落蒂熟了，傍晚掰下一朵来，坐在长椅上就着银河缥缈嗑瓜子，那滋味能甜到心里去。那满足感就像土改前的地主老财，坐在自家院里嗑瓜子，看着地里的庄稼都是自家的。

悲剧的电影课

因为思瑶、家泠和马雅欣都是来自中央戏剧学院，电影课自然是为孩子们量身定做的，加上来之前我们自己也备了不少电影资源，以便消磨课余时间。

思瑶一直对自己的叔叔爱看电影并最终在老师的激励下，最终从大山深处考入了大学的事迹念念不忘，她总希望在沙坝也能遇上一个如此爱看电影的孩子，所以在她的强烈坚持下，我们每周给每个班都开了两次电影课。片源就从大家带的资源里挑，幸好还有我这个爱看电影狂热分子，兴趣也广博，从卡通片到剧情片到动作片一样不少。将手提电脑接到学校的一部电视上之后，能观影了，开机之后孩子们全神贯注地盯着屏幕，正当我们沾沾自喜自认选择正确时，孩子们开始有小动作了，有些开始聊天，有的开始从座位上下来，有的则左顾右盼，只有极少数能努力盯着屏幕。因为电影剧情发展较慢，孩子们根本就没有耐性等等高潮的出现，或是他们完全适应不了电影的节奏或模式。为了避免不想看的孩子影响课堂秩序，只好放不想看的孩子去操场玩，结果孩子们走掉了大多数，剩下四五个在坚持，几分钟之后，不知他们是受其余孩子嬉闹声的勾引，还是不好意思看只有几个人的电影，纷纷走掉了，第一次电影课也就这样无疾而终了。

课后我们总结了经验教训，决定下次电影课之前，先征求孩子们的意见然后再决定片源，相信情况应该会有好转。第二次课前我先征求了孩子们的意见，这一下可算是炸开了锅，由于年龄层次和家境的不相，意见完全无法统一。上初中的孩子们要看枪战动作大片，上小学的孩子们要看卡通片，男生要看快节奏刺激的动作片，女生则要看歌舞类剧情片，吵得我耳朵都聋了，还是没能有个结果。第二堂电影课依然只能外甥打灯笼照旧，一部分孩子在外面玩，一部分孩子在里面看，看不多久，受不了电影的慢节奏，也跑去外面玩了。我们再次总结之后，得出结论：孩子们普遍没有耐性，而且肢体活动的吸引力要大于脑部活动的吸引力。于是我们决定放弃执着的电影课，变成了自由活动课，可以选择看电影，也可以选择室外活动。一个月下来，能坚持看完一场电影的孩子一个也没有，严重地打击了中戏的学子们。我跟思瑶说以后你一定得拍一部全高潮、快节奏的电影，这样孩子们就能看完了。思瑶说那只能是广告。

窗户

　　小时候，爸常跟我说："上课好好学习，不要像爸爸一样，老是看窗外，我就是被窗外那根电线杆给害的。小时候上学坐在教室的窗户边，窗外有根电线杆，每隔那么一段时间总会有个叔叔骑辆自行车过来，跐溜爬上去检修电线，然后再跐溜爬下来骑上车走了。那个时候我就想，长大了一定做个电工。"当然爸最终没能成为一名电工，因为遇上了"文化大革命"，书也没读成，后来成了工人，再后来就转了干部，但是窗外那根电线杆还是烙在他心里。

　　我上学的时候，因为个头高，总坐在教室最后一排，所以未能有老爸的际遇，还常常觉得挺惋惜。不过老妈那时做销售和采购，于是她经常带我去省城玩，开始坐汽车，后来通了火车，从天明坐到天黑就能到老大的省城，有公交车、有大商场、有公园、有游乐场，特别是有很好吃的冰淇淋，比小县城里的品种多很多。老妈总告诉我说："好好学习，以后考上这里的大学，就能天天吃冰淇淋。"

于是，我那时最宏伟的理想并不是科学家也不是医生，而是考上大学。吃冰淇淋。后来才知道上大学并不是职业，只是实现理想的路而已，当然现在我也有了稳定的职业，那个每天能吃上冰淇淋的理想也算是实现了。

沙坝小学的窗外除了玉米地还是玉米地，我们的临时卧房如是，孩子们家里的窗外也如是。每天看到的就是长辈在玉米地里除草、捡穗，这就是他们的整个世界。没有文化馆、没有科技馆、没有游乐城、没有商店、甚至连每天见见爸妈都只能在梦里。大多数孩子会在初中毕业后沿着父辈的足迹，去打工赚钱养家；有少部分女娃娃可能直接结婚生子，因为当地普遍早婚，基本没有法定婚龄的概念；极少部分能够继续上学，当然前提条件是能考上且家里还能勉强供得起。

小点儿的孩子过得无忧无虑，因为他们离选择还很远，未来对他们来说还只是个词；而大点的孩子在避开人群的时候会很沉默，茫然的眼神望着远方，让人不忍触碰。我跟他们聊天的时候，他们对于未来如此飘摇、茫然，不知所从。自信心强的时候他们会说，希望打工找个好工作，好好干活，赚钱回来养家，好好供孩子上学；自信心不足的时候他们会说，先出去看看，找不到工作，就回家继续种玉米。

我不是演说家，我不能用慷慨激昂的语句激励他们，更不是预言家也不能预言未来会是怎么样的，我只能跟他们说不管怎么样，学会体验生活，不管是苦是甜，总是生活的一种味道。先出去看看，看看外面的世界是不是自己想要的，如果不是还可以退回来种玉米。种玉米也有很多种方式，不一定非要像祖辈这样埋头劳作，因为你们已经与祖辈不一样了，可以用知识去科学种地，可以去学机械种地，这样你们会发现其实种地也不错。

一个月时间其实很短，我们不是天才老师，而他们也非天才学生，对于基础知识和学习成绩不会有太多提高，而且大多数孩子并不知道学习对他们意味着什么。我们能尽力做的就是为他们开一扇窗，一扇沙坝没有的窗，能看到外面的世界，能听到外面的世界，能对他们即将面对的世界增加那么几分了解，能在将来帮他们减少几分陌生感。为他们开一扇心灵的窗，让他们知道世界有爱，有希望，有未来，有那么一群人曾经很用心，很认真地跟他们一起聊天、一起开心、一起笑。

名号

人在江湖漂，哪能不报号，号不振三方，没脸走四方。

<酱油姐>

其实这个我不说，你也懂得。看看思瑶那黝黑的肤色就知道，铁定是吃多了酱油。名号是大家给的，可不是某一个人能说了算的，必须要大家点头认可的。每天到了做饭的点，思瑶就会敬职拎着个酱油瓶站在那里，趁着你注意或是不注意，就往锅里倒，从来不管锅里炒什么。炒土豆，"放点酱油吧"；炒青菜，"放酱油了吗"；炒西红柿，"没放酱油吧"；炒玉米，"咋没放酱油呢"……

久而久之，大家也习惯了，要酱油的时候倒是方便，只要喊一声酱油姐，保不定那个漆黑的妞就会从哪钻出来，拎着同样漆黑的瓶子出现在你面前。

<调料姐>

这绝对是个神人。口头禅是：别动我的调料，没了调料我做不

了饭！这是后补来的一个大姐大，是一个必须用西红柿和牛肉做调料才能做饭的主，但凡她主厨，大家多半是食不果腹，可能这个后来姐不知道我们一顿吃多少才叫饱。不过她也够大公无私的，做完之后自己通常不吃，等我们风卷残云后，她就躲在一边吃自己的零食。食物代表思考力，以我们当时的温饱程度所拥有的智力，怎么也没想出那是为什么，不过大家还是很感激她节约出来的食物。

< 煮饭姐 >

看名字也知道是我，谁叫俺痴长那些岁数，料理大家的五脏庙是应该的。在调料姐没出现之前，我一直堂而皇之地把持着大厨的高位，每天起床就煮面，然后上课，然后再煮饭，再上课，再煮饭，一天老忙的。我们班的孩子都知道我的第一工作是做饭，第二工作是上课。他们常常会好奇地围着锅边转转，看看我到底有没有把菜炒熟了，要知道做饭对他们来说可是驾轻就熟。还好毕竟有那么三分天分，一个月居然也能把大家都管饱了。

< 八卦姐 >

这是配小睿的，八卦和狗仔这事绝对是讲天分的，比如小睿就很有天分。刚来的时候常常听到她爆料哪个明星咋咋、哪个大腕啥啥，我们就像敬仰上帝一般膜拜着她。后续的发展证明，她的绝对天分无处不在，哪怕只是在这个穷乡僻壤的村小，一样有无尽的八卦新闻。于是当我费尽心思想着如何才能知道我的那些娃娃有啥小秘密的时候，八卦姐嘴里轻而易举就能蹦出几条，那些小鬼有些什

么小心思，喜欢什么课，私下里怎么给老师取外号云云，总是源源不断地从她嘴里冒出来。可见不管做什么天分实不可小瞧，无论如何沙坝的八卦一姐小睿确实是实至名归。

<备课哥>

此号非建新莫属，不管是清晨还是中午或是傍晚，除去吃饭、上课、打球外，他总在备课。球场上、办公室、卧室（兼餐厅）总能看到他单薄的身影。他的备课本也是写地满满当当，没有可以插脚的地方。于是大家亲切地称他备课哥，而他全神贯注备课的情形总会不经意的成为镜头中的背景。并非我们故意为之，只是他总无所不在，无处不备。

<怎么哥>

"怎么能这样呢？"不用看，这是细长的继义同学开腔了，不知这个福建伢子咋就这样一口伪娘腔。说话轻言细语，怕是惊了谁，就这样的主咋能不被孩子们欺负，最高纪录是被孩子们气出教室，坐在办公室独自伤感"怎么能这样呢"。这是个善良且单纯的孩子，我炒个西红柿炒辣椒他也能自问许久"怎么能这样呢，西红柿不是只能做汤吗，怎么能炒菜呢"。当然这娃最大的好处是不会追根究底，所以你不理会他，他自己也就那怎么了。

那山 那人

　　我从骨子里就是个山里人，所以见山就脚痒，窝在这个四周都是大山的沟沟里没有想法是完全不可能的。村外几公里的那个大峡谷，自进来那天就落入我眼里出不去了。校长见我和思瑶都玩相机，一直跟我们说着村外那个神柱峰，说是烟雾朦胧中的神隐，说是蓝天映衬下的奇特，说得我和思瑶脚都痒痒的。于是逢周末或是休息，我们俩总是神叨叨地往外跑，那是比洗衣服还远的去处，快走一个半小时差不多也能到。

　　观景赶早，只是我们每次紧赶慢赶到此似乎都过了校长所说的最玄妙之时，只能抱憾而归。不过大峡谷的秀丽和奇峻也算是弥补了我们的遗憾。笔陡的岩壁顶上全是绿色植物，半山腰以下有绿山为裙带，仅剩腰线上的岩壁笔直坚挺，像是被人用刀斧劈过一般，不得不令人叹服大自然的鬼斧神工。峡谷底有稍大的河，有小水坝，更有星星点点无数人家，当然还有难得一见的水田，可见谷底之人

197

自然要比山上之人过得殷实，有三分世外桃源之感。

下到水边那还真是个不简单的活，就我那个半残的膝盖，还真是要命了，因为不想走公路绕路，我决定走山路直插下去。膝盖还真是拖累人，走小半个小时，已是大汗淋漓，惨不忍睹。想偷个懒，捡个近点的山道，结果误入山中人家，有院子、篱笆、狗、老人。显见这里的用水要比山上强多了，至少这里蔬菜品种就比山上丰富多了，有南瓜、长豆角、西红柿、辣椒还有青菜啥的。一位七旬老人正坐在门口择菜，狗先发现我的入侵，站起来狂吠不止，老人见我出现很是惊奇，这里显然少有外来客，他先是用土语止住了狗，然后跟我抛出一大串外星语，比孩子们说的乡音重得更多了，仅能猜出一两个词，于是我只能反复说着：我是沙坝新来的老师。老人似乎听明白了，至少我略显瘦弱的身体证明我不太能做坏人，老人的慈祥微笑证明了我的猜测是对的。我指着神柱峰，问老人要去那怎么走，老人似乎明白了，放下手中的活计，上前给我引路，引过一条岔道之后，用手指着告诉我一直往上走就是了。

别过老人之后，我决定先上神柱峰，再到水边去找思瑶。穿山越岭到近边才发现，视力真是太差了，神柱峰其实在公路对面的山上，而我却神叨叨的一头扎进了公路这边的山下，惨痛的悲剧。痛定思痛之后，我决定爬上去一洗前耻，不然让思瑶那妮子知道，不笑掉大牙才怪。凭着多年的路痴经验，到达目的地最近的路就是对着目标直上，这里显见没有人迹来往，植物占据了所有的道路，这种没有路的路比较适合我这种路痴，这样就没有路可迷了。大费周折一番后，居然让我摸到神柱峰的脚下，五六根大柱子就如此挺立在我面前，像是张家界的微缩版。我头脑一热，相机一背，摸着石壁就上到顶峰，此刻如果有人从下往上看，估计会把我当人猿看了，这荒郊野外的石柱顶上突然冒出个人影，论谁也会吓着。天气能见度不太好，视线所及也远不了多少，灌了半会冷风之后，我决定下山去找思瑶海吹一番。

李子 西瓜

　　水果这玩意，从进沙坝的那天起，就从我们的字典里消失了，过去了半个多月，我们几乎都想不起它们长什么样了。为了弥补维生素的不足，平时大家只能靠喝果珍，但每天的主菜青椒以及高原炙热的天气，依然让大家很上火。有些人嘴里全是溃疡，有些嘴角全是泡，只能熬些绿豆汤来败火，效果依然不明显，多半源于大家对于水果的渴望。

　　沙坝绝对是一个神奇的地方，没去过的人完全无法体会那种神秘和惊奇之处。在我们都已患上严重水果饥渴症的时候，突然有天孩子们给我们的厨房里塞进一袋青色的小果子。打开一看全是青青的李子和小梨子，看着都能想象出那种酸来。抱着尝尝看的心理，捡一个试了一口，一股甘甜的汁水顺着牙缝沁入胃的最深处，搅起一团久违的记忆。天呀，这是水果。大家一下子都翻腾起来，把李子倒进脸盆洗净之后开始大快朵颐，不一会儿一盆子李子就见底了。

水果一下肚，连日来的饥渴症似乎全消失不见了，全身的每个细胞都在欢乐地跳跃，那感觉就像在久旱的沙漠里下了场大雨般酣畅。幸福很简单，在你最需要一样东西的时候，它就在你面前望着你。

李子，给我们干涸的身体注入了清脆的山泉，事态的发展往往会超乎你的想象。

一天近中午时分，隐约听见老远的地方有人叫卖西瓜的声音，仿佛像上帝的低语，以至于我们都怀疑自己幻听了。抱着去看看的态度，趿拉着拖鞋的继义和家泠，突然从村口拎来了三个圆圆的、青翠的物体，犹如天外来物。"噢哇，真的是西瓜"。"谁会来这种地方卖西瓜，上帝吗？"大家围着西瓜，左拍右看，不知是谁的提议用水冰起来傍晚吃，也许这天杀的建议是我说的。于是大家又把到嘴边的口水强性咽下去，腾出一只桶子来，将西瓜放进水里，那翠绿映在水里就像玉石般娇艳。连吃午饭的时候，大家也记得往桶里看两眼，似乎看着也能下饭。

傍晚时分，对付过晚饭之后，开始歇凉。建新把西瓜从桶里捞出来，分成八九块，大家一拥而上，挑上自己中意的，各自享用起来。高原的夏夜凉风习习，听着 MP3 里的小曲，看着银河璀璨，再吃着冰凉的西瓜，那份得意和满足就是给个一百万也不换。

如果说吃李子是小康生活，那吃西瓜绝对算得上是富足的贵族生活了。自从有了李子和西瓜之后，生活真是一天天好起来，课也上得越来越顺手。

话剧帝

　　思瑶号称来自"国戏"，也总得在学校留下点相得益彰的东西，才像那么回事。于是她谋划着在三年级里弄个话剧的节目作为汇报演出，题材就挑了时下大城市里大红大紫的《喜洋洋与灰太狼》，至于挑的哪一幕，俺还真没看明白，没有任何道具全凭孩子们的语言动作来表达。更何况动画片版基本也鲜有台词，最多的那句就是男二号灰太狼："我一定会回来的"。

　　至于人选是怎么确定出来的我也没经历，反正等我去观摩的时候人头都齐整了，个个都是俊男靓女，表情鲜活，似乎很有热情。特别是男二号胡卫甚是抢眼，虽然是演灰太狼，但也掩饰不了他俊秀的外表，难怪会招来家泠的特别关爱。小家伙黑黢黢的，五官有几份维吾尔族气质。话多一直是他的最大特点，让他演话剧算是长处利用了，经过一段时间的相处，发现这个娃娃挺有镜头感和表演天分，每次拍照他都能给你惊喜，所以最后他拥有的好看照片也应该是最多的。

　　幕拉起，羊羊们唱歌、跳舞很高兴，红太狼拉着灰太狼的耳朵让他去抓羊，于是灰太狼拿着个大口袋去抓羊，结果被羊羊们发现狠狠打了一顿，然后灰太狼求饶，改过自新，大家成了好朋友。思瑶只给了个中心意思，台词任由孩子们自由发挥。原来见他们在作文课上半天憋不出一个字来，这会儿却是个个能说会演，看来孩子们挺爱演戏的，早知道就应该让他们把写的作文都演出来。特别是胡卫语出惊人，台词经典，超过了动画版，引得观摩的人群齐声叫好，他居然还能憋住那份高兴劲继续在台上全神贯注的演出，这完全不像是他的作风，实在很有专业演员的范儿。其实孩子们真的很有天分，只是因为家庭而错过了良好的学习和深造的机会，天分被遗忘太久，自然也就烟消云散。生活最终会将他们磨成谁也不认识的样子，希望到时他们还能记起当年自己也曾是主演。

拼音天才

初到学校那天与校长聊天，了解孩子们学习情况以确定开些什么课程会对他们有用，不管哪个年级的课程，校长一再强调要开设拼音和作文。当时就觉得奇怪，作文课倒是好理解，哪怕是上到大学也会开写作课，但是拼音课就不好说了，对于五六年级快要毕业会考的孩子还有必要开设拼音课吗？城里哪还有教十二三岁孩子拼音课的，他们不反过来教我们就算是庆幸了。

当然不理解是不理解，但对于校长交代的话，我们还是一应照单全收，毕竟他才是这里的家长，这里的每一个娃娃都是他的孩子，娃娃们需要什么，他有绝对发言权。几堂课下来，还真让我体会到学习拼音的必要，孩子们普遍乡音过重，不知道音调应该标在哪。更寻到个天才娃，上到五年级完全不懂拼音是哪国的，声母、韵母完全分不清，发音就更不用说了，认字基本靠猜，一篇三十字的短文可能有二十五个不认得，靠认得的那五个互相猜测上下文。

算算时间一个月，教会他拼音应该时间管够，于是我跟他商量，每天下课后只要他愿意我都在教室里给他补习一个小时。一个月里，在他很得闲，也就是没有人跟他玩篮球，奶奶不叫他回去吃饭的时候，他会出现在我等他的地方。每次的一个小时，让我觉得那简直就是拼音的地狱，这个天才级少年常常能读出让人欲生不能、欲死不能的拼音来。如电：波依安电；保：得熬保；诸如此类 b、d 不分，p、q 不分，z、zh 不分，还有完全不认的 t、x 等。

　　没遇上他之前，我一直认为会说话就会拼音，后来我再也不敢如此武断。虽然到走时，我依然没能完全教会他拼音，但他却让我明白一个真理，会说话未必就会拼音。

四大夫人

别惊讶，虽然沙坝村小只是弹丸之地，但也是人才济济，什么人才都有。画画天才、书法天才、英语天才、音乐天才等不胜枚举，所以刚开始的那几天我们始终都过得一惊一乍，上堂什么课回来就大呼小叫又发现个啥，幸好自己还没丢丑之类的，惊叹之余觉得沙坝是藏龙卧虎之地。

"四大夫人"也是个中人才，是我和思瑶执教的五六年级混合班里最大、最皮、最淘、最聪明的四个男娃娃。当然他们自己取的呼号倒是响堂堂不似我们取得这个阴柔，他们管自己叫四大金刚，四个小鬼也确实是学校里最大、最高的孩子了。不过他们倒也是仗义，只要小同学不打他们的小报告，他们也从不屑去欺负年纪小的同学，有时候还会扮扮大哥大主持正义啥的。

之所以会给他们贯上如此恶名，我们也是没办法，这四个家伙在课堂上也太淘了，从没有安静的时刻。四个各有专长，一个好动，像有多动症一样，一秒钟都歇不了；一个好接话，你说一句他能接两句；一个好提刁钻古怪的问题，总问得莫名其妙，不知所云；还有一个好讲小话，不管你在说什么，他总在组织讨论会。有这四个宝贝在，课堂上还能安静得了，还偏偏这四个家伙好学，上课从不迟到也不缺席，真是让我们颇伤脑筋。其实我也能理解他们的心理，青春期好表现，想吸引别人的注意，引起别人的重视，让人觉得他们与众不同，不过时间长了还真是消受不起。为了保卫课堂的正常秩序，不得不与他们开展持久作战，真心话、大冒险之流完全是为了对付他们想的。当然为了磨磨他们的锐气，也顾不上教育守则上所说老师不能给孩子起外号，更不能在课堂上叫外号。特殊情况特殊对待，于是就有了四大夫人的名号出炉，四个家伙分别被冠以奶奶、太太、夫人、姑娘的称号。刚开始，他们还不觉得，后来每当他们在课堂上犯毛病的时候，就叫外号提醒他们，倒也还有成效，小家伙立马就老实，不过他们忘性大，得时不时提醒，到我们走的时候估计他们的外号也算是深入人心了。

王奶奶好讨论，胆子大有同情心，表达能力也不错；游太太好动，脑子灵活，人聪明，英语学得很好；金夫人好接话，观察能力不错，文字功底也挺好，作文写得很好；杜姑娘好提问题，与人交际显羞涩，对于电子设备很感兴趣，到手的电子玩意都能玩得溜溜转。

小ＥＴ

　　大家公认学校里长得最好的女生是三年级的尚晶，皮肤是健康的高原黑，留着学生头如丝般顺滑，黑黑的大眼睛像葡萄亮晶晶，配上美女瓜子脸，加上学习成绩不错，会唱会跳，惹人喜爱，特别是爱美的家冷对她更是偏爱有加，甚至招来了别的女孩的忌妒，这些小男生小女生可清楚自己在老师心中的分量了，常常暗地里较着劲的比乖。

　　尚晶家就在学校附近，算是家境较好的孩子，但因为父母都需要劳作，家中还有个小妹妹，偶尔没人照看，尚晶就得留在家里照顾妹妹，上学可能会迟到，或是干脆不能来。刚开始家冷不知道情况，还对着班里的同学大发雷霆，因为她最喜欢的孩子没来上课。后来这才发现孩子们的学业都是放在家务活之后的，在家务活干完，弟妹有人照顾，猪喂好的情况下才能来上学，不然就得迟到或是干脆不能来。村里的现状一直如此，也不好批驳有什么不好，因为上学对于他们来说还只是一种等待长大的方式，成绩好不好无所谓，等年纪到了就可以嫁人或是出门打工谋生活。当然少数有远见的父母也会关心孩子们的学习，会给他们提出要求，这样的孩子们在学习的时间上就会富足很多，成绩也会表现得特别突出一些。当然这些幸运儿只能是少数，大多数孩子只是在学校等待长大。尚晶算是少数幸运儿之一，但偶尔也会因为需要照顾妹妹而影响学习，自从知道家冷生气之后，她特别不喜欢迟到或是缺课，于是出现了她带妹妹来上课的一幕。

　　别看尚晶长得漂亮、乖巧，但她的妹妹完全就是另一个模样了，小小的身子顶个大大的脑袋，理个光头，大眼睛，大耳朵镶在上面，怎么逗都不笑，完全就是个卡通版的小ＥＴ。一岁多的小娃娃，坐在姐姐的桌课上，不说话，也不哭不闹，抢着姐姐的铅笔不停乱画。其他孩子似乎对这一幕早就习以为常，依然在听课，仿佛小ＥＴ是透明人一样。我和思瑶倒是惊奇的紧，拍完了片，就把她从课桌上抱了下来，抱进办公室逗着玩，她也不害怕，一声不吭，瞪着大眼睛望着我们，就像小ＥＴ初遇上地球人一样。

小小棋童

学校里的文体器材很有限，基本都是校长向各处要来的捐赠，常见的几大样就是篮球、乒乓球、跳绳、象棋、羽毛球，加上更新慢数量一直呈持续下降趋势，各种器材都是炙手可热，一到课间时分孩子们就冲进教师办公室，满天叫嚷着借这借那，像在菜市场买菜一般。球类基本被大些的孩子借走，而跳绳基本被女孩子借走，剩下小点的孩子只能玩象棋了。虽然不知道他们从哪学会的下棋，但千万可别小看了这些六七岁的娃娃，个个下棋都还不错，至少凭我这个仅入门的人是无法上桌面与他们对阵的，据说他们连继义和建新老师都能轻松胜过，我真不知是他们太强，还是继义他们太弱。

一天，下午六点多钟，天空都已泛起了黄昏的色彩，一个老爷爷拄着拐杖到学校来找人，说是小孙子飞扬还没回家。这可把我们吓得不轻，暑期班最重要的就是安全，如果孩子们出了什么意外，我们可是吃不了兜着走。校园里静悄悄的，没有一个孩子的游戏声和欢笑声，大家慌了神，开始满校园的找，一边找一边喊着飞扬的名字。十分钟之后，建新有所发现："找到了，在高年级教室，正跟丹丹全神贯注的下象棋。"大家飞奔上楼才发现两个六七岁的小娃子，正襟危坐着在对弈，仿佛是全国大赛一般。大家又气又笑，纷纷上前去旁观，两个小家伙跟没事人一样，继续沉浸在将士相马的世界里酣战。只到战局结束，他们才发现自己已经被包围了，于是飞扬爷爷拉着他一步一颤地回家了，丹丹也心满意足的回家去。

后来这一幕时不时地会再次发生，虽然我们一再提醒飞扬和丹丹要按时回家，但他们一掉进棋里就总是不记得出来。于是飞扬爷爷会时不时地来学校找他回家吃饭，而他们总在静静地对弈中。大家对这对小棋童也就听之任之了，还常常会在课间帮他们留一副象棋，方便他们随时切磋。

幸福像自来水一样哗啦啦

　　这是个少水的地方。不管是来之前，还是在来的路上，以及在来之后，视线所及除了玉米地还是玉米地。没有河、没有小溪、没有水。前半月我们一直处在用水的解放前时期，生活用水完全靠在校长家提，洗澡更是一周只能一次的奢侈事件，因为校长家的蓄水池一天也只能洗那么几个人，何况他们家还人多，加上我们几个更是多得不能再多。为了避免洗澡，大家白天都很少体力活动，比如打球啥的基本上都只是看看。

　　其实村里还是有水的，只是从学校走到能见水的地方差不多要一个小时左右，大家都不太愿意去。于是我和思瑶总是趁饭后时间，溜去河边洗衣服当是饭后散步，反正高原的夜黑得晚，有足够的时间供我们来回。虽然去哪儿都只能走，每天上课、做饭、备课、批作业，居然还有大把的时间走一个小时去溪里洗衣服，每天也过得从容不迫。不像在城里一整天风风火火的赶上班、赶车、赶开会、赶聚会，忙得脚不沾地不说，还老赶不上，不知道沙坝的白天是不是会比城里多几个小时呢。

　　名誉上的小溪，实际上顶多能算上条沟就不错了，因为水实在小，涓涓细流汇在每天洗衣服的小滩，不会比普通浴缸大那么一点，但对于我们来说也足足够用了。能毫无顾忌地洗个脸，再不紧不慢的洗衣服，最后再美美地泡个脚，吃着私藏的小零食，那惬意劲是外人不能想象的。有山、有水、有零食，那叫一个美。经过我和思瑶添油加醋和摄影美化，没多久，就将小睿拐带进队伍里。这小妮子更是美得每次在此洗头、敷面之后还不忘加上那句：自然堂就是这么自然。

　　日子是越过越好，不知校长是觉得我们拎水辛苦，还是总在他家进进出出不方便，半个月后，他从公共饮水塔里给我们接了根临时水管，虽然水时有时无，但再也不用每天拎水了。好歹俺们也算是用上自来水了，通水那天，我们敲着脸盆和桶子奔走相告，如果有鞭炮我们应该也得来上几挂庆祝一番。我们幸福了，孩子们也幸福了，课间的时候撒起欢来更尽兴了，渴了就跑到临时水桶边喝上一瓢水，热的时候还能捎带洗个脸，看他们那高兴劲，比我们更胜一筹。

游神

　　贵州是少数民族聚集区，最大的特点就是每家的孩子以两个为基本单位，只多不少，走访过好些学生家三四个孩子很正常，更有多得就不能计数了。

　　孩子在家的工作之一就是带弟弟妹妹，或是带侄子侄女（因为兄弟姊妹多，年长的哥哥往往已结婚生子了）。

　　大点的孩子来上学了，小点的自然就没人管了，家长们要下地干活，没人顾得上，于是这些小家伙们也就跟着大点的孩子屁颠屁颠地到了学校。一个月的学习期间，总能看见这些小不点的身影，步履蹒跚，眼神谨慎。课间的时候孩子多，他们也就被淹没了，上课铃一响他们就突现出来了。没课的时候，我喜欢跟他们去套近乎，但由于他们年纪太小，根本听不懂普通话，完全没办法沟通。可能家人也教过不要和不认识的人说话，于是每当走近他们的时候，他们就会摇摇晃晃的走开，也只能任由他们。虽然他们年纪小，但却知道上课的规矩，上课时间总是乖乖地待在校园里或是坐在走廊上不叫也不喊，静静的似乎他们不存在。当然好动是孩子的天性，于是就经常能看到他们的身影从办公室门前飘过再飘过，我们管他们叫游神。

别小看这些娃娃，冷不丁就能冒出些让你意想不到事，旁听的时间一长，他们居然会唱课堂上教的歌，也会说课堂上教的话，时间再长点，大孩子们上课的时候，他们的小脑袋就会从办公室门外冒进来说：老师，借小球玩。

沙坝后遗症

从沙坝走出来之后，很长一段时间大家都无法适应原来的生活：

小睿说：真不习惯用淋浴，真受不了浴室里亮堂堂的，还没有水瓢，让我怎么洗澡嘛……

思瑶说：唉，不做饭了，真没意思，没地方放酱油，完全没有成就感……

建新说：每顿都能吃这么饱怎么办，一点没有饥饿感，完全没灵感……

家泠说：为什么到处都买不到小脆呢？为什么，为什么？

我：羊肉粉、羊肉粉、牛肉粉、牛肉粉……

继义：这是为什么呢？为什么所有的菜里都不放辣椒呢？

共同的后遗症：

凡是骑着电三轮卖西瓜的都是上帝。

只要蹬着电三轮卖馒头的都是天使。

逢人爱问：你去过沙坝那么大的地方没有？没有？那你肯定也没去过中坪那么大的地方，更没吃过最好的羊肉粉。

共同感受：没有小脆卖的地方，都是小地方，没有小脆卖的城市都是小城市。

后话：

沙坝就是那个全是玉米，有一点儿向日葵，有神柱峰，有涓涓细流，还有许多记忆的小山谷……

沙坝食谱

作为沙坝小学的一号掌勺极有必要晒晒我们的食谱。

早餐 水煮面条

炒一点菜做拌料，然后清水煮面，自己拌，可以选择吃汤的或干的两种。拌料有三种，条件稍好时是 N 个西红柿炒 1 个鸡蛋；条件差时是 N 个辣椒炒 1 个西红柿；第三种是娜姐专用，糖拌面，整个沙坝除了她找不出第二个人吃。

晚餐 稀饭

清水煮白粥。下饭菜，有可能是中午的剩菜加新炒的土豆，或是直接新炒的土豆和辣椒，条件好时还有点榨菜之类，当然还有娜姐专用白糖。

午餐 米饭或是拌面

之所以放在后面说是因为，较一天之内，算是比较丰富的是午餐了，这也是国际标准。吃米饭和炒菜的前提条件是：米比较够，菜也比较够，那就能吃上米饭，炒个小南瓜、茄子、土豆和老豆角以及辣椒。不具备条件时，大部分是拌面，先清水煮面成八分熟，过水；炒拌料，大多时候是西红柿炒辣椒，少数时候能加点鸡蛋进去，然后八人份的面进去拌拌拌，然后开吃，或许还能有点腐乳。

点心　饺子　包子　馒头　甩饼　土豆泥

别看俺们正餐单调了点，但逢周末有物质条件的情况下，我们还是尽量丰富点心。自从有一回从镇上买了包面粉回来，那算是捡着幸福了，周末的时候，可以想做点啥做点啥。

饺子，醋瓶子做个擀面杖，萝卜剁吧剁吧做成馅，来个全萝卜馅饺子，那一咬全是萝卜汤，能赶上天津灌汤包了。

包子，没有发酵粉，没有老面没关系，俺们不是有高原太阳吗，面粉揉吧揉吧，放在太阳下发，包上土豆丁就是包子，揉进点糖就是馒头，想吃啥吃啥。

甩饼，这可绝了，是小睿家的祖传手艺，传女不传男。面饼擀擀，抹点辣椒面或是糖，在锅里甩来甩去，手法还得讲究快、准、狠，才能甩出层次感来。

土豆泥，这是思瑶的拿手菜，据说在家里只吃过，没做过。先将土豆剁碎，然后将一个茄子也剁碎，然后放一块煮，秘诀是得把土豆碾碎碾碎成泥状，就做好了，看像呢实在不好形容，口感还不错，比较适合视力障碍人士食用。

沙坝语录

<娜姐篇>

一天，两个一年级的娃吵架，小女生哭得稀里哗啦，娜姐将她带到女生宿舍里安慰，我们在隔壁有幸旁听。娜姐："女生应该要坚强，怎么能随便哭呢？"娜姐就是娜姐，一年级的娃子你就要别人做女强人。小女娃还在抽噎着，没有搭声。"就是实在忍不住，也应该一个人躲到厕所里哭。"娜姐又爆出一句，估计那个小女娃被唬得够呛，六七岁的小女娃为啥非要躲在厕所里哭呢？难道里面味道老好了？娜姐的喜好还真是特殊。

<思瑶篇>

所有人公认学校长得最好看的小男生胡卫跟班里另一个男生吵架。因为他长得好看，平时也乖巧，大家都特别喜欢他，所以对他要求也特别高一点。我和思瑶把他叫到办公室，问他为什么要吵架，他说那个男生骂他。我说："不能因为别人骂你，你就跟别人吵架，

你可以跟他讲道理，他不听，你还可以告诉老师嘛。"他说："我跟他讲道理了，还叫他不要再骂了，他不听呀。"思瑶："别人骂你一次，你要忍住。"胡卫："我就是忍不住，他骂我骂得很难听。"思瑶："再忍住，男人要大度。"胡卫："那实在太难听了，忍不住。"思瑶："必须忍。"过了半秒，思瑶嘴里突然嘣出句："实在忍不住，可以骂回来嘛。"胡卫点点头，出了教室，顺手给了那个男生两耳光，然后开心地回家去了。晕，思瑶，你到底是老师还是教唆犯。

＜家泠篇＞

最后一天，我们班开座谈会，纯聊天那种，邀请了所有的志愿者到我们班活动。有个环节，让在座每一个人说一句自己最想说的话，轮到家泠，她纯粹不用脑子的，直接用嘴爆：我是浮云。孩子们一片茫然，浮云是个啥。只好再邀请家泠友情解释：如果大家很喜欢我们，希望大家能够记得曾经有那么一个月，有过一群比你们大的朋友；如果大家记不住也没关系，只当我们是天空漂过的浮云，过去了就过去了。

这本书是
每个孩子都喜欢
我们的新裤子
的书。就像
东子

羊肉粉 牛肉粉

　　沙坝村的地理位置比较奇怪，行政区划隶属花溪乡，但因为与花溪隔得太远，所以没有交通车，与较近的中坪镇有交通车，每天一趟早出晚归，要买东西或是要出去就必须搭上这搭车。因为我和思瑶负责做饭，采买自然也就落在我们头上，逢星期六我们就趁早摸出村子赶车去镇上。

　　据说村里到镇上也就不过二十公里路，但路况实在差得不能言表，所以车子每次都要一个多小时才能晃到镇上。在村里关了一周后，我们摸到了镇上，第一反应是给家里打电话，因为这里手机信号那是满满的。镇上有河，真正的河，镇上还有水果卖虽然只有苹果、香蕉、梨；镇上还有超市，规模不小的那种，只是山寨食品比较多如奥利粤、旺子之流，所以必须擦亮眼睛。

　　镇上最级品是燕子羊肉粉，这是我们这辈子吃过最好吃的羊肉粉，随时想起来都能口水直流。我们总结为什么会这么好吃是因为吃的人少所以汤头浓，自然味好，如果吃的人多汤头里加多了水，味道自然就淡了。一碗粉足以我们回味一个星期，第二周再来时，第一件事自然是先冲去吃一碗粉，那滋味一直迷漫到胃的最深处，足以缓解我们吃了一周土豆、面条、辣椒的肚子。

事情发展的方向通常是一样，在我和思瑶的利诱下，小睿这个意志总比不过肚子的家伙又上了我们的贼车，出现在下一次进镇子的车上，大快朵颐是必需的，居然还遇上了牛肉粉的故事。

镇上粉店很有几家，除了这家专卖羊肉粉的，还有家专卖牛肉粉的，我们仨自然是不能放过，抽空去考查了一番。坐定之后，门口响起摩托车引擎的嘟嘟声，一前一后进来两个时尚男女。男的应该是本地人，女的是外地口音说着半生的普通话。男的问："你吃什么粉？""有些什么粉呢？"女的半撒娇的语气。我们仨强忍着对视了一眼，然后低头不语，因为我们都是有修养的好孩子。男的答："只有牛肉粉。"女的娇嗔："那你还问我吃什么粉。""噗"我听到有人的米粉从嘴里喷出来，不用想多半是思瑶，只有她的修养往往不够层次。

星星 飞机

班上有个孩子的作文这样写：今天我跟哥哥去玩捉迷藏，他藏起来，我就去找，找呀找呀，找累了，我就坐在地上休息。地上有很多花，我非常喜欢花，最喜欢的是线秋树。我喜欢坐在地上看星星、看飞机……

根据行前所查的资料，我们所在的地方海拔没有两千也有一千七八，是云贵高原地带。日间太阳直射，阳光猛烈，晚上凉风习习，甚是凉爽，盛夏的夜晚也用不上电扇，从平时走访的情况来看，还没发现谁家有电扇这门子电器。

忙完一天的课程，送走孩子们之后，趁着天未黑我们总是抓紧时间备第二天的课。随着夜幕降临，蚊虫别动队也就蠢蠢欲动了，拉开电灯的那一秒钟就是它们行动的信号，各式各样的虫子纷纷弃暗投明而来，绝对的占领了空中领地。为了逃避它们的自杀式袭击，最好的去处就是躺在校园的长椅上看星星、观银河、赏月亮，听听音乐，数数有多少航班从头顶呼啸而过。飞机上的那些人知不知道有这样一群人躺在长椅上看他们来来往往。

没躺过长椅之前，根本不觉得这里的飞机多，自从躺过一次之后才发现，这还真是一条繁忙的航线，也明白孩子作文上写的看飞机并非杜撰。于是我们的夜生活又多了一大娱乐项目——看星星，数飞机。一、二、三、四、五……

友谊

离沙坝小学两个多小时以外的山坡上还有另一个小学，旧寨小学，与我们同批的志愿者也有七八人在此。不过相形之下，他们应该比我们多几分专业气，因为他们全都来自于师范院校，以后全部都是为人师表的执教者。

上山之前，听闻我们会相隔很近，大家很兴奋彼此相约经常走走看看。上去之后才发现，相隔确实很近，一个在山上，一个山脚，仅仅两个多小时山路，但没有交通车来往，于是经常走走就变成电话里的遥相守望了。半个月之后，旧寨小学备足了饭菜盛情相邀我们上山聚首，冲着那顿丰盛的午餐，即使是阎王殿我们也得舍命走一遭，更何况我和思瑶还可以逃掉一次做饭的劳役，何乐而不为呢。

夏日贵州的阳光甚是富足，不管什么时候都是普照万物，自然也包括我们白皙的皮肤，当然思瑶、建新和罗川云是不在此列了，反正他们肤色向来很高原。一路欢笑一路歌，捡了玉米地里的近道走，不过绿油油的玉米可不太友好，尖挺的叶子，稍不留意就会在脸上手上留下道道血痕，我们称之为买路钱。连嘘带喘，大汗淋漓之后，总算走到大半路程，路边突然有孩子在喊："老师。"四下张望才发现，原来学校成绩最好的邵婷和邵婷召两兄妹也住在这个山坡上，两姐弟每天上学都要走这么远的山路，难怪山里没有一个小胖子。

在虚脱前一分钟，老远看到旧寨小学的红旗在风中飘舞，学校四周全是民房，所以没有围墙和大门，我们捡了直线距离最短的路径冲过去。砖混的教学楼跟沙坝一样，也是刚刚农村教育改造的成果，这里的志愿者也是挑了间大教室把课桌拼起来做床，因为女生多，像间女子公寓。不过她们都很能干，两个男生基本都是在坐享其成，引得我们队伍中的男生发出艳羡的感叹，继义甚至提出要留在旧寨不回沙坝了。见色思迁的家伙，我和思瑶暗自商量，下一顿饭全做辣椒，让他再也随便开不了口。

师院的女生们还真是能干，不一会就端出色香味俱全的菜来，甚至还特意买了一条鱼做给我们吃，因为她们邻近的是另一个镇子，村里的交通车也比沙坝多，所以在吃的上面比我们很丰富。望着很久不曾见过的菜，我们自然是毫不客气放开肚皮大吃特吃。互相交流着上课的经验和趣事，吃完饭交换了一些教学资料之后，就该挥手道别了，山道远，日近黄昏需赶早，太晚不安全，遇上蛇虫出没就没这么高兴了。相约下一次，由我们做东请他们吃饭，挥手道别风中的红旗。至于后来罗川云在没有提前通知的情况，将旧寨小学所有志愿者带到沙坝吃完了我们一周的储备，那已是后话。虽然后来好几天我们一直吃着什么料都没有的光头面，但大家也很高兴，毕竟我们用诚意接待了朋友。这应该就是友谊吧，即使吃着光头面，心里也还能乐出花来。

真心话 大冒险

　　因为是暑期班，且是拼凑起来的临时班，本着有教无类的原则，我们接受周边所有愿意来上课的孩子来学习。于是班里的孩子从五年级开始到初二年级结束，从十一岁到十五岁的娃娃都有，对于他们的基础课程让我煞费脑筋。经过几次反复摸底后，基本掌握了他们的年龄和年级，于是我开始在上课提问上做文章。

　　为了保证良好的课堂纪律并防止他们拒绝回答问题，我的每堂课都会用真心话和大冒险做后勤保障，答不出问题的孩子必须二选一，要么完成一个任务，要么回答一个真心话的问题。让我很好奇的是，他们每次总选大冒险，他们真有那么多不让人触及的小秘密？真是群复杂的娃，曾几何时我真想他们选一次真心话，看看他们心底究竟有些啥，不过一直未能如愿。

　　答不上问题的娃总是忐忑不安地等待着，不知道我又会想出些什么刁钻古怪的事情来让他们做。孩子毕竟是孩子，不管要他们做的是什么他们都会一本正经的去完成。诡计一玩长了，也容易露出马脚，时间一长那些鬼精灵就发现，我提的问题难度深浅不一。于是大点的孩子就抗议了，说为什么老是轮到他们的时候题目会比其他孩子难很多。看来暗箱操作被发现了，我总是刻意挑容易的题给低年级的孩子，把难的留给高年级，这样才能给他们制造点难度，也才能逮着他们去干大冒险的活儿。不过我还有一个特长就是脸皮厚，发现了就发现了吧，我振振有词地说，你们是高年级学生难道还跟低年级的弟弟、妹妹一个水平，你们的题当然要难一些。于是乎他们也就不再纠结自己总答不上，而是抬头挺胸去干大冒险的活儿，好像那不是因为学问差，而是因为学问高才这样的。

大冒险题目（有些是我出的，有些是孩子们自己想的）：

男生：

1. 很顽皮的那种：去女厕所写几个字（这是孩子们自己想的）

2. 不太说话的那种：对着教室大喊三声"我是最棒的。"

3. 特油的那种：到楼下找个支教女老师说"老师，你看我今天好不好看？"

4. 嗓子比较好的那种：站在讲台上唱首歌，唱什么大家选。

5. 最淘那种：在讲台上讲五分钟的话，不让停。

……

女生

1. 羞涩型的：对着教室大声说三次：我是最漂亮的。

2. 嗓子好的：唱首歌，可以自己选。

3. 开朗型的：说说自己以后的愿望，当然是除了当老师和医生外。

显而易见，我是较偏心型的，受惩罚的多是男生，且多是年纪稍大又调皮的那几个。

作文

题目：一天中的一件事情

孩子这样写：一天，妈妈教我做饭，我渐渐地学会了做饭。我在周六到周日都在家做饭，他们回来吃饭时。也是我叫他们回来吃饭了，我把饭菜置好了。

我们一起吃完我去洗碗，现在有李子，李子成熟了。我把今天晚饭做好的，回到家就洗手吃饭。这就是一天中做到的一半事。

老师的评语是：+3

题目：我学会了 ***

孩子这样写：我的事情不要你们管。

老师的评语是：×

题目：一件事

孩子这样写：做饭

今天妈妈去看婆婆去了。只有我一个人在家做饭吃，我吃了饭我去玩一会。就会来看妈妈在吃饭啊？我对妈妈说饭是冰的。我说妈妈你不便吃冰饭，我忙的做热的饭好吗？孩子不冰没事的，你太好了。

老师的评语是：不扣题

翻开孩子们以前的作文本和考卷上的作文，只有一个词来形容：惨不忍睹。语句不通，错字满篇，标点符号错误，没有段落之分，没有主题可言，无法相信这些居然全都出自五六年级的孩子，而老师们心情好就给两三分，也不写评语也不改错字，心情不好就是一个大红叉。周而复始孩子的作文始终还不能称之为文，而且文章通常只围绕两个内容，如果是写事的题目基本如出一辙全都是做饭，因为这是他们每天必修的功课；如果是写将来要做什么人或是最佩服的人基本都是写老师或是医生，因为村里只有这两样工作是他们能够经常瞧见的。

曾经有一天，我让他们做串联口头作文，每人说一句连成一个故事，他们给我的结果是这样的：从前有个很漂亮的女人和一个很勇敢的男人，相爱结婚了。男人每天去打猎，女人每天在家做饭。有一天男人不能带回足够多的猎物，他们就吵架了。然后女人和男人就离婚了。男人就每天打猎过得很快乐。女人就每天做饭也很快乐。从此他们都过上了快乐的生活。

　　这个故事就到此寿终正寝了，因为下一个孩子涨红着脸，憋到下课也未能憋出下一句。

拍照

　　去沙坝之前，我曾仔细揣测了一下，一个月自己到底能为孩子们做些什么？前思后想，东西应该是教不了什么，性格也改变不了什么，毕竟一个月时间太短，刚刚与孩子们相熟又要分别了。于是我坚持要带相机前往，在自己的相机坏了的情况下，还是借了朋友的机子前往，因为我想这一个月真正能为孩子们做的，就是给他们每人留一张最漂亮的学校生活照。事情的发展证明了我事前的决定完全正确。

　　当我和思瑶一人吊着部单反进沙坝的那一刻，注定我们肯定得疯到一起，事实也完全如此。事后我们完全没想明白的是，当时罗川云分组的时候，为什么会把这么多硬件资源分在一组。我们组不光有两部单反，还有人手一部卡机，还有数台手提，而与我们两小时山路之隔的旧寨小学完全是另一幅景象，没一部相机更别说单反，没一台手提更别说上电影课。近水楼台先得月，于是这一个月沙坝的孩子们就是我们的模特，不管是上课还是下课，我们总在努力捕捉他们的身影，他们的微笑与快乐。专注的上课、悄悄地走神、快乐的游戏、酣畅的大笑、激情的运动、偶尔的寂寞，一一在我们镜头里烙下印记。课余的时候，我和思瑶会相互交流照片，挑出好的准备以后给孩子们冲洗，总结之后，第二天再继续，一点点记录着孩子们最美好、最漂亮的时刻。

临近离别的日子，我们特意给每个班排了留影的时间，并提前通知孩子们尽量不缺席，穿漂亮的衣服来。每次轮到的班级总是特别高兴，男生、女生脸上都洋溢着快乐，在阳光的映衬下特别的灿烂。尽管是家境好些的孩子，也少有机会在自己的学校留影，更别说是家境差的孩子，连拍照片都变成一种奢望。每次拍完合影，还会帮孩子们单独留影，他们大多数会跟同学、朋友或老师一起拍，只有少数胆大的才会要求一个人拍。当然抢镜头也是必然的，四五个人合影时，总会不期然的多冒出几个人头，我们也就一笑视之。蓝天、白云、向日葵、线秋树、教学楼，都变成了照片的背景，孩子们天真无瑕的笑脸印在每个人心里暖洋洋的，我和思瑶则尽情地享受着拍照的快乐。也许多年以后，他们不会再记得我们，但看到那些笑脸灿烂的照片，他们应该也会抱以会心的微笑，曾有那么一天，他们很快乐。

奢侈的蛋糕战

蛋糕在这海拔两千多的云贵高原上，特别是在这个交通不便的山旮旯里真算得上是稀有之物，虽然不排除少数家境好的孩子吃过，但生日蛋糕这个事物在这里绝不会是常见的。

虽然对于教育理念和观点我们与罗川云发生了严重的分歧，但不得不承认他的大将之风，在八月十八日这天他还真从城里倒腾了一个像模像样的生日蛋糕回来。

傍晚时分，知道消息的孩子们早早地来了，还带了给我庆祝生日的礼物，虽然只是村里小卖部的饮料和糕点类，但那份盛情还真是难以推却，孩子们把带来的东西都往我怀里塞，我就像个地主老财一样搂着数个瓶瓶罐罐。有生以来第一次在生日这天感受到众星捧月，心里还挺不自在的，看来这生我就只适合待在墙角里或是屋顶上看人来人往。

召集了思瑶、继义和建新几个壮丁来帮忙，把几张课桌弄到操场上，算是个生日宴会桌，把大家送来的东西和生日蛋糕一并堆在桌上，还挺像个自助 party。吆五喝六的招来附近的孩子们，大家团座着来了几张全家福，然后不记得有没有许愿这个环节，反正就对着蛋糕下手了。头顶着银河，腰缠着徐徐高原夏风，伴着虫鸣蛙叫曲，细细品尝着这难得的高原蛋糕，那感觉就像是伯爵家的小姐开生日宴会，<u>丝丝甜蜜沁入心扉</u>。"啊！"不知谁划破了这雅致的平和，好像是我给谁脸上弄了一块奶油，又好像是思瑶弄的，当然也可能是家泠干得，反正潜在的不安份子总是如此之多。这下场面就变得不可收拾了，谁也顾不上那份甜蜜与宁静，校园里顿时炸开了锅，每个人手上都拿着蛋糕炸蛋伺机寻找机会。没有安全的地方，也没一个落下的人，因为你不涂别人，别人也会找上你。你不犯人，人也会犯你，这种快乐里谁会落下呢？有仇的报仇，有恩的报恩，每个人都在疯跑，每个人脸上都被抹成了大花脸，更有惨的就连头发都一并洗了奶油。我也难逃一劫，被几个孩子伙同家泠和小睿逼到一个墙角，抹了个彻头彻尾，完全看不出那张脸上除了奶油，还有些啥，那惨劲，那畅快却不能言表。

休战之后，看着被糟践的蛋糕又觉得很可惜，因为很多孩子从没有吃过，但是相对于吃，他们似乎更在意玩得开心。吃与不吃又意义何在呢，反正我们玩得很痛快，第一次打如此惨烈的蛋糕战，当然也是战绩辉煌的第一次。

最后那天

　　八月十八日，我公历三十岁生日。自小没怎么过生日，因为母亲和父亲秉承老传统，老人生日一碗面，孩子生日一顿打。打倒是免了去，不过生日礼物和生日蛋糕也一样免了去。偶尔运气不错，遇上外婆或是奶奶记起我来，会额外地给十块二十块的零花钱。后来参加工作，自己有了钱，倒也不全在意这回事，偶尔记起的时候会叫上三五死党一起胡吃海喝一番算完。

　　三十岁，幼年时代我曾幻想过很多次，自己会是什么样？风姿绰约如张曼玉，或是惊若天人如李若彤……后来有个朋友曾跟我说三十岁是他回家结婚、生子享受生活的开始，他说会在三十岁之前赚够养家的钱，然后回家好好过日子。三十，曾让我一度猜想，一度害怕，又再度期盼，其实它来得也不过如此，一样如流水在指间滑过，它站在我面前依然是似曾相识。这一年，我既没有玉姐的风姿，也没有宛若天人的气质，我还是我，偶尔会傻，偶尔会疯，大

239

多数时候会很平淡的那个人。

　　这一天也是我们的最后一堂课，之前我和思瑶利用去接缪缪的机会，从黔西县贩回了大包小包的零食，在这一天全部搬到教室与孩子们分享。大家把桌子围成一圈，团坐着，零食堆在桌子中间，大家一边吃一边看我们拍的照片，原来我一直在考虑，走之前要送孩子们些什么，后来才发现自己想送的，未必是他们想要的。于是我和思瑶决定，买来各种的零食，让孩子们尝尝与沙坝不同的味道，然后给每一个暑期来上课的孩子留下一张最美的照片。孩子们大嚼着手中的零食，分享着各自的照片，男孩子们开怀大笑，女孩子则是浅浅微笑，每一张灿烂的脸上都写满了幸福与快乐。我们撇开课堂的拘谨和约束，大家团坐着玩游戏，说未来。虽然不知道那一个月我们给他们带去了什么，或是让他们懂得了什么，但这一刻，我想我们选择对了。

逃

　　原定计划中最后一天应该是和孩子们一起开告别晚会的，也许是不堪与娜姐狂野的猫步搭对，也许是习惯了逃离，也许最终是习惯不了分离。在我与思瑶共同策划逃跑事件时，她不幸被"组织"扣在手心里了，因为她是随学校社团组织来的，而我只是孤家寡人的杂牌军，在完成所有教学计划，也提前一天给孩子们道过再见之后，我毅然决定清晨奔逃。

　　晨，很早很早，不足五点，我蹑手蹑脚地爬起来，收拾好行头，挂好相机，转头看看梦中的思瑶和娜姐，奔向晨雾中。清爽的黎明适合有一个好心情逃跑，我几乎是要哼着歌走出校门。到了大门口发现铁将军把门，完全没办法，因为校长担心我们的安全，每天晚上会定时落锁，早上再开，而这个时点估计校长是不会起床了。尝试了一下门的牢固程度，再目测了一下它的高度，找来张小桌子垫脚，双手一撑轻松趴在了围墙上，看来这几年的户外运动算是没白

241

做。跳下围墙去，一抬头遇上一位奶奶慈眉善目朝我微笑，我弱弱的回应了一下，然后飞似的开始跑路。据事后，孩子们跟我说：住校门口的奶奶说，你们老师真厉害，居然能翻围墙出来。

顺着一路的向日葵和玉米地，因为害怕遇上起早上学的孩子，我几乎是一路小跑到了神柱峰附近，希望能在走之前，真正拍到一次校长所说的奇观。当然现实总有众多不如意，虽然我早起守候，而它却是涛声依旧，俊奇、陡峭，却不神隐，也不蒙眬。看来这次贵州行算是与它无缘了，也好，算是留下了再来的理由。在路上因为惦记班里的孩子最后一天没人照看，会觉得落寞，所以我发了短信拜托家泠和小睿帮忙解释。家泠把我发的短信读给孩子们听，说是全班都哭得稀里哗啦，最厉害的要数四大夫人，虽然平时个个都自称男子汉，这会也顾不上名节与脸面了，和班里其他孩子哭成一气。于是一路欢欣的心情多出了几许酸楚，说真的这些年还真是天不怕地不怕，就怕说再见的时候，每次在车站不管是我离开，还是他离开，总是我最害怕的时间，因为距离总会让人们越来越远，看不见，摸不着……

哼，有趣

李思瑶

243

244

丑话说在前面

我的前话有点儿长，可是我需要一个解释的机会。

我特别喜欢一本书《精怪故事集》，是童话。不过是一本给小朋友念时需谨慎的童话，我有一个朋友就是不太谨慎，傍晚睡觉前小闺女儿一定要听故事，抄起这本她就念，没念两行，她就停住了，小姑娘哇哇吵"妈妈接着念啊妈妈！""啊，妈妈不识字儿"。

书里有一故事，叫做《紫色激情的顶点》。有一个水手走在大街上碰到了一位烈焰红唇的性感女郎，女人走过来问他："先生，您知道什么是紫色激情的顶点么？"水手答不知道，女人接着问："你想知道么？"水手说："想。"女人说："那你跟我回家我告诉你。"水手跟着女人回了家，女人又要求："先生，你去洗个澡吧，洗完澡我就马上告诉你什么是紫色激情的顶点。"水手连忙就去洗澡了，进澡堂的时候，水手一不小心踩到了一块肥皂，摔倒了，然后就死了，故事结束。

想知道结局？门都没有。这本书里还有另外一个美丽的爱情故事，两个可爱的人儿经过时间和考验，在一起了，故事结尾的一句话，"男绅士和姑娘最后有没有过上幸福的生活，这就和我们没什么关系了。"

我大二大三的时候，内心里一百个小斗士一哭二闹三上吊地非得要工作要挣钱要为脱离寄生虫的队伍而努力。我自觉还是个勤奋上进的人，在自己的能力范围内不懈地努力，出于对生活的热爱，也时常享受自己的拼搏和奋斗。没想到百无一例外的俗气情节还是来了，到真正争取到工作了以后通体感觉糟糕透了，像失恋了一样。这么说吧，我和这个世界恋爱二十年了，虽然我们彼此都有不少毛病，可是我们一直还挺相爱的，突然有一天，它不爱我了，可我是个好姑娘，所以它很为难，不好意思和我提分手。

"苍天啊，你利索点儿和我分了吧！"

"哼，没门儿！"

"苍天啊，我要拯救宇宙！"

"宇宙？你知道宇宙搁哪儿么？啃你馒头去。"

我现在正好是大学毕业，浑身上下，由里向外都在颠簸。因为世界总不肯给我交待那件事，它迂回在我家冰箱嗡嗡嗡的声音里，迂回在我头上空调哗哗哗的声音里，还有热播的中国好声音里。清早坐在沙发上看书扣脚丫子，希望从中得到一点上帝的启示，企图掠夺一大卡车知来者之可追的"巧克力"。读到一篇王小波先生的文，标题叫做《虚伪与毫不利己》，里面好几个字写的都是"人生观"，我真的就从沙发上跳起来了。有一个特别滥俗的比喻句最能说明我当时的心情，就是"好几天没吃饭突然看见一只鸡腿"，看完第一页准备翻篇的时候去上了个厕所，回来的时候准备好迎接上帝托小波先生送给我的"人生观"，翻开第二页，只有一行字，以下是空白面儿，这行字是"唉，蹉跎岁月，不说也罢！

世界瞬间就被一泡尿的功夫冲成了大绿脸。

我也不是什么圣母范儿的姑娘，当初去支教，没有抱着什么改变世界云云的远大抱负，单纯想给自己的世界多增加点花草树木，山川河流。我喜爱蓝天白云又不孤单的日子，支教满足了我一切需求。小朋友们不会欺骗不会嫉妒，信任我接纳我，叽叽喳喳地在我周围让我感到快乐。每天上上课，有事可做，心境充实自在，在大自然里生活充满挑战和能量。

在青藏的那一个月，我没有给小朋友上课。贵州的学生邵婷经常给我打电话，可是我很少再接过。我不奢望我的行为能够被原谅，但是庆幸我在这里能有个解释的机会。

邵婷是我在贵州支教的时候认识的一个可爱的小姑娘，她带我在大山里度过了一段特别快乐的时光，爬山、放牛、斩猪草、看星星……她字儿写得非常好，我给她买了文房四宝，后来她拿了书法奖，把奖状给我寄来了。她喜欢写作文，周末我就让她带我去最美的地方，我布置她乖乖坐那儿写实景作文，然后我在旁边儿追狗骑牛逮野鸡，醉翁之意不在酒。可是婷婷聪明，买我"酒"账，每次写得都很认真，后来在初中猛获一水儿作文大奖，经常给我回信报喜。我逮野鸡的时候妈妈给我打了一电话，让我物色一小孩儿，以后供读大学，我准备开口跟她说的时候，我们正躺在山间大石头上晒太阳，婷婷喊了一句："我家多美啊，蓝天白云绿色树，城里的楼哇，太可怕了，还有车子。"我拍拍屁股啥也没说，高高兴兴接着抓野鸡去了。肚子太饿，好久没吃肉了。

一切看上去都多美好啊，可是等我回到北京以后，紫色激情的顶点来了！婷婷三天两头给我电话，后来她直接用上 QQ 了，几乎每天都和我在联系：

"姐姐，我对不起你，我语文只考了九十六分数学只考了九十二分。"

"姐姐数学才三十分！你很棒了！"

"姐姐你给我出作文题吧，我写了寄给你。"

"好呀，你写人吧，写你周围的朋友、亲人，先观察，然后写下你觉得她们美好的事情，让你烦恼的事，我平日都喜欢这样写……"

"不要，我不写。"

"为什么啊？"

"我不喜欢跟他们在一起。"

"啊……啊……？？？"

"姐姐，我想来北京找你。"

"婷婷，我没钱，我现在刚开始工作，房租两千多和别人一起住在地下室，有时候没有收入都交不出来，北京很贵，我现在没有能力养别人。"

"哦。"

"姐姐，你在干什么？"

"工作。"

"哦。"

"姐姐，你在干什么？""姐姐你在干什么？""姐姐你怎么不理我？姐姐，姐姐……你为什么不理我，我爸爸说你很忙你就算不理我，我也要和你联系。"

紫色激情的顶点到底是什么，你也不用帮我想了，我也有口而难言，有时候你得像那个勇敢的水手，跟着那个女人，经常到她家浴室去踩踩肥皂，你或许才能明白。

人呀，活到我这把小年纪基本都是怀揣着明知山有虎，好奇虎啥样的小心思。我经常就是扛着枪冲进去，抱着头灰着脸地溜出来，下一次，换座山，还是愿意冲进去，自知没有武松的本事，做不了飒爽的英雄，但我愿意接受灰头土脸的自己。于是，我毫不犹豫地又冲向了青海萨美寺小学，并且只陪伴，只旁观，不介入。

脚丫子篇

　　脚丫子是造物主在这个世界上最伟大的发明。它让包括人在内的所有生命充满梦想和希望。好像有了脚丫子，我们就获得了自由，我们就可以无拘束地行动在大自然的每一个角落，世界变得比海大。

骑摩托车在天上飞

我就是一个贪心的人,我爱脚丫子,同时也爱着摩托车。摩托车背上驮着我好几个美好的夏天。

县级以下的村镇里,摩托车总是最好的交通工具,这并不是说大家经济条件买不起四个轮子那么简单,这事听我细细说来。在贵州支教的时候,我和彭彭每个星期都要去镇上采购,紧赶慢赶能赶上每天那唯一一趟路过村口的班车,可不容易,不但得苦于占卜汽车到村的时间,还得时刻训练听见车响撒腿就奔的神功。

山里的班车从来都不准时,因为司机大哥特别忙。

第一次见这位大哥,是我们集体从贵阳到黔西,初入大山。那时候整个班车都被我们包下来了,车从黔西县城出来的时候大家伙还唱歌,后来开始进花溪乡,山路开始十八弯,过山车!坐过没?叫你们唱!?突然车子在山脚一个急转弯的地方猛一脚刹车,次啦啦……司机大哥探出头去喊了一嗓子,然后,嘝,一脚油门一把倒

251

挡，我就差点没飞出去了，迷迷糊糊中看见前方弯道转出一辆对头车，那车驾驶室的窗户摇了下来，递出一只塑料袋包着的卤鸡腿，这俩老乡一边啃着鸡腿一边聊了半几小时的闲谈……

第二次我和老彭去买菜，特别高兴地告诉其他几位，我们带好吃的回来。不料回程的时候山体滑坡，一块大石头从山顶上滚下来，幸得命大，正好砸在车前百米的地方，我整个脸就已经呆了，可是我们司机大哥就轻轻地"哎哟，又是石头"了一声，这一声哎哟得就跟又碰上三里屯堵车点儿似的，然后卷卷手袖，朝挤破天的车厢里挥了挥手，车里跟着跳下去了一百单八将，大家开始搬石头撬石头和推石头，我和老彭一开始还干着急，后来就变成欢喜，把捎带的小脆小米糕打开贼眉鼠眼全吃了。

最离谱的一次，树倒了。横挡在路中间，树根拔起一半，树顶的枝头挂到了对面的电线上，所有的人都不敢轻举妄动，等待着远方的支援。就在这个时候，几辆摩托车呜呜攘攘的从边缘树的小缝隙里挤过去，留下一串轰轰烈烈策马奔腾的背影，从此我就爱上摩托车了，没有什么能够阻挡。

我是恶霸

后来有一年夏天我在黔东南的登晒小学就坐上了这个摩托车，狂奔在蓝天白云间，仰天长笑啊，一路从黔东南笑到广西。二十岁的夏天圆圆满满的。

说到这里实在是不得不提一句，我喜欢打架。城里，大家忙着和钱打，没空理我，在村里，没那么多假面舞会，直截了当，不高兴就是不高兴。

我打过两架，第一头号大敌，罗川云。去贵州黔西那次，我进山前吃太多，胃炎犯了，川云死活不让我进山了，半夜十二点来医院命令我回家，我从病床上整个跳起来，针头一扯就杀过去了，吓得床底下一窝老鼠四处逃散。到山里支教，他又板又砖，我俩教育理念不合；体育课，他教小孩儿踢正步，喊口号，我趁中场休息背着他和校长把小家伙们偷出学校去河里抓虾；书法课，他非要教小孩儿写"好好学习，振兴中华"，课间休息我就跑进教室"告诉大

254

家个好消息，罗老师说不用交作业了"；这还不够，周末他要组织全校家长开会！他在台上跟国家主席似地教育家长们要怎样怎样，听得家长们一头雾水，我在一旁一个劲儿翻白眼。支教倒计时第二天，六年级的罗翔爬在墙头上玩被他看见了，他冲过去给罗翔一下子，说危险。我俩的矛盾彻底爆发了，大操场上，一场淋漓尽致的格斗啊！打完我和彭彭就开始打铺盖卷，第二天学校大门还没开，我们从罗翔爬的那墙上翻出去，桃之夭夭了。多一分钟都不想看见罗川云。翻墙的时候，都觉得自己是英雄。

这另一次打架，我可就是恶霸了。在黔东南登晒小学，因为我到得晚一些，没能和大伙打成一片，大家不知道我是个老支教，以为我是程咬金。起初我也没发现大伙儿有意见，有一天我在井边洗菜，一个二年级的小姑娘扭扭捏捏来我面前"老丝（老师），有一个老丝在那边台阶打电话说你坏话"。那家伙竟然告我穿坎肩漏膀子，说我和村民喝酒，说我老到村民家扰民，说我没经过筛选，是个坏蛋，不配做老师。我急了准备去跟他当面理论一番，跑到学校厨房的时候，看见这家伙开小灶，偷吃鸡蛋！我脑门子一股火就出来了。我忍着火气，过去问他中午没吃饭么，他啥也没说。我问他，你是不是觉得我有些地方做得不对啊？我俩聊聊呗，我其实有我支教的方法和我自己的想法，改明儿你可以来听我上课，你就知道了，你看，咱吃的菜都是村民给的，我们有必要和他们处好关系，也有必要了解他们，这些很重要……我呱啦啦说一大堆，他回答我"没

有啊，我没有什么意见"。"那行，那没事儿了"。我以为这事儿
就过了。后来这些磨磨唧唧的事儿屡次发生，这哥们儿永远都是跟
个姑娘似的。有一次被我碰一正着，我和一群队友准备去村民家家
访，后来我因为闹肚子疼回吊脚楼地板上倒下了。这小哥竟然带了
副迷你小麻将，组织另一群队友在办公室打麻将，那天真够惨的，
肚子疼了一早上，还听了一早上背后话。第二天我肚子不疼了，就
把他给一顿打了。村里的小伙子骑着摩托车在操场上，我包往上一
撩，策马奔腾。不过高兴归高兴。我知道这次真不是英雄，我觉得
自己实在不对。

归途之：任青的头是正方形的

"思瑶可是从艾乌齐沟沟走出来的人，什么苦吃不起啊！"大爹每次饭桌上说这话的时候，就是我出人头地的时候。大爹是德钦县喀瓦格博峰的藏族，马背上响当当的康巴汉子，吃雅鲁藏布江的鱼，打梅里雪山的猎长大的。这句"艾乌齐沟沟"从他嘴里说出来，别有一种刀山火海的感觉。我可是什么也不知道，欢欢乐乐在小面包车里塞了三天三夜，伴山伴水，跑马一样地颠到了康定溜溜的城，这其中滋味我们五个难兄难弟算是尝得尽兴。

我闲着没事就喜欢看地图。大爹那条"沟沟"好像还不全是我们走的那路，大爹的意思是 214 国道，从玉树走 214 到昌都再到德钦，再到香格里拉，然后我就到云南的家了。可不巧，咱小面包走国道是要罚款的，那天是夜里出发的，悄摸摸地走了一段国道，天一亮，开车任青小师傅一把方向盘就把我们带上了一条马走的泥巴道里，离公路是越来越远越来越远。小茜可凶了，"我说人精啊，

"人精" 就 就是 是 可以 坐

260

你要把咱卖去哪儿啊？""哈哈，这个，去石渠县，接个人。""什么什么？接人？？川云都快骑到我头上了，你还要接人？"我在后边忍不住叫唤起来，大汤她们在前排一边狠劲笑一边煽风点火地教育我："人家小任青不容易，你和川云再挤挤让他多挣点。"任青特别实在，都不害羞："就是就是，可以坐可以。"

　　开车的师傅和我差不多大，十九岁出头，正方形的头，他叫任青，大家一开始都听成了"人精"，一个劲乐。他藏族口音浓厚，任青人精分不清，所以从头到尾都不知道我们在笑什么，反正我们笑，他也捡便宜似地跟着笑。按理说任青的名字是藏名，应该有四个字，我们一路忙着逗他玩，到离别的时候都忘了问，离别得匆忙他慌慌张张给我们一人塞了一摞名片，光溜溜名片上也只有两个字"任青"，然后是他的电话号码。

归途之：寻找汽车站

在玉树能找到个离开青海的车可不容易。我们几个被分到这地方的时候，大部队的领导早已经知道我们去的地方未知数太多，没法给我们安排回家的路，给我们发了个纸条，上面写了玉树客运站的地址，意思就是到了客运站自行散伙。玉树的客运站和很多县级城市的客运站一样在一个宾馆里。我们慕名到处找，玉树的公路上车辆都慌慌张张的，可能是红绿灯还没来得及重建的缘故。我们好不容易堵到了辆出租车，司机停在原地想了老半天，然后一边嘴里自言自语的喃喃一边探索着把我们带了过去，突然一脚刹车，安安静静地停了一分多钟，看我们几个还呆呆地坐着，司机转回来问："你们怎么不下车？"我望望大汤大汤又望望我，我们一齐往窗外一望："师傅，这没有宾馆，一马平川啊。"那师傅没好气地说："所以给我一顿好找啊！以前就在这。"我们几个像变了跳蚤一样，急忙开门下车"谢谢师傅谢谢师傅"然后就一排脸呆在那。只见脚下撮石头的，手上玩野草的，叉着腰看远处的，像被暂停了一样，不过想必心理面琢磨的东西都差不多。"找车找车，分头行动"。川云一句话，把我们几个拽回到现实面前，天快黑了，我们得抓紧找到回家的办法。

我跟川云意见总不合，天天吵架，他做事方式不招人待见，我又是直肠子有什么说什么，经常刀枪棍棒点他脸上。不过我还是很佩服他，倒也不是因为在吉曲上课那些天我生病他费心搞来青菜，给我煮了锅不太好吃的汤。关键是川云在节骨眼上还是能解决问题，抛开他这解决问题方法不说，二十来岁的年纪，他挺能担当的。那天在天黑以前，他和陈爸终于在一堆帐篷密集的地方给我们包了张小面包，来接我们的时候他怒气冲冲的，不用想准是讲价的时候又和藏族大哥吵架了。陈爸也一脸不高兴，必然是气头上劝了他两句，被他一道骂了。所以我们很自觉地都没理他，过了一会儿，他自己也就哼起歌来了。

归途之：我也想吃唐僧肉

我的下半辈子还没开始过，六小龄童版的《西游记》已经板上钉钉成为了我毕生挚爱的电视连续剧。鹰钩鼻的金角大王认识吧？我老公！小时候为了掐着点儿看《西游记》，外公的手表被我弄丢了，有一次把爸爸手机弄丢了，还有一次把爸爸弄丢了，还有一次，还是爸爸的手表丢了，爸爸是最可怜的。

当年中戏面试，老师出了一幺蛾子，让我即兴编一个广告叫"一只很贵的钢笔"，我当然是拿只更大的幺蛾子出来咯！说，当年唐僧师徒过妖怪山，孙悟空三两下把一山头妖怪全打死了，把金箍棒缩小了正往耳朵里放，这时候，妖怪们全都活过来了，抬着本儿向猴哥奔跑过来，悟空看了眼师傅，一甩金箍棒可得意地给大家签起了名儿。

这些都不算事儿，可以真正拿出来显摆的是，我见过唐僧！唐僧还给过我一包蛋黄派！我们在藏川归途超载的那个夜晚，小面包车门里进来了扎西师傅，一身喇嘛红袍，白白净净的脸，眼睛是湖水做成的，"打扰了。"我以前一直不知道为什么金角大王喜欢吃唐僧肉，突然就有了眉目，我也想吃。

　　小师傅和我们一样年纪，云游僧，刚从西藏回来，要去甘孜的佛学院。他被安排到了最后一排，我和川云中间，我们问了他很多关于神仙的问题，小师傅一一给我们解释。深夜了，我们在不知道什么路的路上颠簸，玉树买的饼已经快吃完了，不到万不得已不能轻易吃。扎西一定是会读心术。突然拿出来一包蛋黄派，小小声声地和我说"这个给你"。小师傅心好也得自己留口粮啊，路还不知有多远，我坚决不收。他声音更小了："不是不是，这里面有鸡蛋，我买的时候没仔细看。"天呐，我有吃的了！

"唐僧"

归途之: 今晚一定到康定，吗？

我们心里的大石头终于放下了，虽然都不知道接下来要走的是什么路，只知道目的地是康定。无论什么时候，有个目的地可以去总是一件特别幸福的事儿。"跑马溜溜的山上，一朵溜溜的云哟，李家溜溜的大姐，人才溜溜的好"。康定情歌里唱的美景佳人都是大家梦里的地方，可是呢，那几天我们梦里的跑马山叫作康定客运站，一朵云也是客运站，李家大姐也是客运站……

仗着我们五个对康定的一网情深，又不知情之所起。每当我们天寒地冻地磕碰在深夜的泥巴路里肚子咕噜叫的时候，任青总是憨憨地笑："没事没事，一觉起来咱们就到康定了。"第一遍听这话的时候，我们可兴奋了，就像马上就要取到经了一样。后来，好几次一觉醒来，都不是康定，小婷的手巴掌照在汤珣的脸上，汤的腿架在操纵挡和陈爸的杯里，小茜被严丝合缝地填在她俩中间。川云最酷，跪在座位上，倒趴在后背的行李上，扎西小师傅也拘束不住

有时候印象朝阳红橙黄

有时候又是一片铺了磨砂的深蓝色

了张着嘴靠在川云腰际。我百年不变地被夹在最后一排的死角里。窗子被雾气蒸得擦都擦不干净，有时候印着朝阳红橙黄，像打了柔光的渐变色纸，有时候又是一片铺了磨砂的深蓝色。也看不到外面对着空谷可劲嚎的是狼是狗。这一切特别像在演电影。

每次我都是第一个醒，然后开始挠我伸手能够得到的川云，小茜，和大汤，因为得把他们弄醒，我才能挤下车出去透透气。

开门就是惊喜。要么在陡壁悬崖上，脚下那才叫真正的大山大川雅拉嗦！好像再往前迈两步就能像神鹰一样飞起。学李白说一句"蜀道难，一跃上青天"。要么一开门就是空山新雨后的小溪边，喊一嗓子，方圆百里的大个儿奇山怪石们都在学你讲话。初中时候学到郦道元《水经注》，"绝巘多生怪柏，悬泉瀑布，飞漱其间。清荣峻茂，良多趣味。"那时只觉得他惯用夸张的手法，这会儿觉得郦道元写这首诗时真算是收敛着下的笔。

归途之：在卡萨湖刷牙

那些个敢问路在何方的日子里，我们每天重复着睡觉，脚麻，头晕，心跳，屁股疼，肚子饿，没别的了。汽车抛锚都成为了一件让我们兴奋的新鲜事。当任青告诉我们要在此地停留等别人送轮胎过来，真是太好了！我们全从车上飞下来，川云越过前排大汤的脑袋第一个飞出去，"哇！有湖。"然后他又一头扎回了车里，从包里扯出了牙刷毛巾，我们像一群回到家的野人，奔向了海市蜃楼。蓝蓝的天，蓝蓝的水，在青色的草场中间，我们撅着屁股，在湖边准备刷牙的刷牙洗脸的洗脸，水还没沾到脸上，旁边房子里跑出来一位藏族姑娘，"这里不可以洗脸，这是圣湖。""好好好。"川云不知哪里搞来个小鸭子的船，我们把船划到湖中央，山大王一样，正式挥舞起了毛巾和牙刷，扎西小师傅远远地在湖边念经。

我们真的得罪了神明，蓝得连云彩都不见的天上，突然刮来了狂风暴雨，我们的小鸭子被吹过来吹过去，任青害怕摇晃，一个劲

儿让我们帮他拿着驾照，他要跳下去，乐死我们了。过了好几个钟头，太阳快落山，我们终于靠岸了，一群落汤鸡凯旋。要不是小师傅还在念经，我们一定被龙王爷爷拉去当虾兵蟹将了。

吃饭篇

人活着，除了吃饱饭，没别的了。

又到了没肉吃的地方

一早我们大家伙儿就从西宁出发了，沿214国道向西南方向走，差不多到醉马滩的时候收到一条缪缪发来的短信"我说你这次情况怎么样啊？有肉吃没有？"

去年在黔西伙食特别好。虽然贵州的农作物运气不太好，横断山一挡，风调雨顺都跑云南去了，不过这儿的光线土壤争气，一年两熟还是有的，家家户户捞饱肚子之余足够喂牛羊也能养鸡鸭。我们每次到小河边洗衣服，土坡上不知谁家的那只母鸡老是在周边转悠，每天都看得眼馋，我和小睿经常想要是它是一只走失的母鸡就好了，那我们立刻就抓回去把它宰了。终于有一天，我们的头儿真从镇上提溜着只鸡回来，我们八个人眼里立马齐刷刷地泛起金光，顿时对它一见如故，宠爱有加，取名鸡汤。那会儿好日子天天在跟前。

青海湖边的油菜七月份才开花，美得不像样，一年只有那么一次，也就是说油菜后面跟着下地的那些农作物也就只能收一次，难

274

怪我好多次把草场上的牦牛看成骏马，还是那种从来不理发的骏马。

公路边有好多藏民举着牌子，上面写着"野蘑菇"。大汤（汤珣）特别不稳重，摩拳擦掌地硬要让司机大哥停车，嚷嚷要下去买点。我装出一副见过大世面的样子，很淡定地躺在座位上，往车窗外望一眼的意思都没有，低头给缪缪回了个短信："没肉，有山珍！"

才回了短信，我就感觉身体不适，高原反应啊？不是不是绝对不是，肯定是中午吃多了，反胃。我把眼睛闭起来一边心里暗示自己是吃多了撑的，一边揉肚子，不一会儿我就睡着了。醒来的时候，周边呕吐了一遭脸色"粉嫩"的队友们大肆在议论"5400米啊，差点断气了。"我有点兴奋，哇，我一觉睡过了鬼门关！司机在一片宽敞的地方停下休息，车子正越过了巴颜克拉山脉，风景变得柔和起来，我裹了个外衣下车透气，雾气散后天空开始露出薄薄红色，太阳正在升起……

牛粪情节

　　神奇就藏在广阔草域上一抹浅黄色的小平房里。萨美寺小学一共七个房间，我有幸经常光顾其中的三间。

　　早上起床，首先要跟在当周老师后面，推开倒数第二间，开门就见一座"大山"，方圆百里晒干的牦牛粪便都堆在这儿了，推门一阵青草香。我和当周人手一撮箕，平步青云，登高铲顶。一定要取堆在最上面的那些，要是撮了下面的，堆在上面的就会自觉滚下来跑到房间外面，野狗们就会撒腿过来带走它们。

　　我是有牛粪情节的人。小时候我和哥哥在老家从不穿鞋子，最喜欢玩的一个游戏叫作"晚上回家比赛谁的洗脚水更黑"，成绩优异的那个虽会被大人们骂，但是可以睡在靠墙一边没有老鼠的地方。我俩还有一个百玩不厌，比赛跑步的游戏。奶奶站在家门口喊我俩吃饭的时候，就是我们比赛跑步的号令，先跑到家的，当晚就可以得到爷爷用木头削的那把宝剑，变身武林高手。妈妈和姑妈每次来

比賽誰的洗腳水更黑。

老家接我们回大理的那一天就是我们一决胜负的日子，多少天的锻炼就为了那天能在妈妈们面前表现。那次我和哥哥选择离家特别近的桥头玩了一整天，生怕听不到奶奶喊吃饭，我为了不让妈妈晚上看见我的黑色洗脚水特地穿了拖鞋。"回来吃饭！"奶奶一声喊，我和哥真叫拔腿一跑啊，不料冲下桥的时候我一脚踩进了一堆还冒着热气的牛粪里，那堆我们用来盖房子敷墙的"强力胶"稳稳地把我的拖鞋嵌在了里面，我吃了个大马趴，趴在桥下面的泥潭子里哭得可伤心了，眼睁睁看哥哥冲进家门勇夺桂冠，我心里骂死了那堆桥头的牛粪，直惦记到现在。青藏高原铁打的游牧民族，所以牛粪不用敷墙取暖，都用来做燃料。这可高兴到我了，一块一块把它们扔进火坑可带劲了，君子报仇，十年不晚！

趁着孩儿们每天课前都要帮助老师把太阳能电池板抬到草坪上的习惯，我每次都是迅速把牛粪倒进火炉里，然后就马上加入"小飞侠"们抬电池板的行列中，把生火这等麻烦事拱手送给当周老师。藏民家的火炉子我实在玩不转，牛粪燃点高，要作死了往里塞纸，一塞纸吧，烟就多，又臭又呛，我懒不想洗衣服，走远开点是明智的。

炉子是铜铸的。两个火口在正上方，一高一矮成两层阶梯状。正好可以一边烧水一边做饭，正前面有一小道火门，和我们以前用的蜂窝煤炉一样是通风生火的，火门下面是一个抽屉，接住燃下来的烟灰，拿到外面草场上随处一倒，堪称我们吉曲乡上最好的肥料。炉子下面用水泥筑起一个台子，比炉子宽一截。我记得小时候去藏民家买菌子,总是看那些老人家把大饼和酥油茶壶放在这个台子上,挨着炉子的侧面烘烤保温。炉子沿墙壁的地方延伸一根很长的烟囱,小时候妹妹和我回香格里拉陪妈妈过年,在大伯家围着火炉吃年饭,妹妹可能以为那是龙王的定海神针,伸手去摸,马上烫起一个大泡,我和妈妈一边帮她涂上牙膏一边笑她可爱。

每当大汤,小茜,陈爸手舞足蹈与小朋友在一起玩的时候,就是我推开第三道门的时候,端个空盆踹开门脸,钻进麻袋区里选两颗不长芽的土豆,再翻到案桌上想想那三颗白菜是今天吃明天吃还是后天吃,最后搜罗一下哪个角落有没有点幸存的葱和蒜,最后一般都是以高高兴兴端着盆到溪边刮土豆告终。我每天最有挑战性的时刻也就这会儿,我想尽了各种做土豆的花招管饱五个人的肚子。炸烤炖炒煮,就差生吃了。

大厨血泪史

　　高压锅简直就是户外的做饭神器。刚去那会儿，我冒充会做饭的，跟彭彭成了厨友，打着洗菜切菜的幌子，悄悄看她怎么做饭。村里没有电饭锅，校长发给我们一口铝锅煮饭，彭彭煮一天，我照葫芦画葫芦娃地煮一天，连着一星期我们不是吃生米就是吃锅巴，最后这口锅终于破了。还好直到它破了个洞，大家都没发现我不会做饭，所有的罪过都怪给了那口锅。后来彭彭的老公三三哥来访带来了口高压锅。从此，我们早上有粥喝，中午有熟饭，晚上有汤喝，周末校长去镇里赶集还能给我们带点牛肉粉回来。慢慢地我也会做饭了，仗着高压锅，我竟也成了会做饭的人！高原地带做饭，大家都用高压锅。不过有次我可吃了它的闭门羹。那天难得加羊老师和扎西老师都没有回家，留在学校吃饭。川云和陈爸早上锻炼身体去爬山，走运捡了一袋鸡枞菌回来，我在仓库里也幸得一根大葱，我打算做顿好的给大家。大汤和小茜早就把教室的课桌搬到草场上了，

280

招呼大家坐好，一副等待大餐的架势。每天吃饭的时候，门口都按时会有等吃剩饭的野狗，一般有十只左右。今天我们吃大餐，野狗也势必得久等。只见它们走了一只，又来了一只，再走了一只，我起开锅看看，一个小时前放下去的土豆，一点变熟的迹象也没有。后来有两只狗不知为什么咬起来了，一群追过去赶架，越跑越远，只剩下那条没尾巴的阿怂在打瞌睡的大汤旁边转悠。当周老师不知哪里弄来一碗牦牛酸奶在搅和，我又开了一次锅盖，用筷子戳了戳，行！土豆泥没戏了，我赶快把土豆拿出来切成丝，拿灶锅过了道油。高压锅这种东西，你想靠它做出点好吃的来，还得看它心情！鸡枞汤熟得到挺快，大葱一掰，一见水沸，我就急忙端着锅跑出去。只见大家嚼白米饭嚼得可欢畅了，"青藏边的大草原上，吹着傍晚带着橘红色夕阳的青草风，真是嚼白米饭都值了！"我朗诵完了就蹲在地上狂笑。大汤望着我得瑟了一句"大厨，我以为要吃明天早饭了呢"，川云和小茜他们更是来势汹汹地想要揍我。说归说，那天那锅鸡枞汤大家喝了个精光，就放了点盐，葱也就一只手指头那么大，比起在别处喝那有姜有草果的鸡汤鲜多了！一方水土一方菌呀。

洗碗侠

每天吃了晚饭到太阳下山那会儿，萨美寺在这种神秘时刻总是会显现非凡气质。五彩金绘殿顶，屋角兽吻飞檐，红墙黄砖彩斗拱，简直是兜率天宫，弥勒净土。面对萨美寺前风颂的白色经幡，尽享着东方持国天王"玉枯松"即将下凡来跟我们吃饭前的金色余晖，当然得搞点电影路线，来点气势。所以我们每天都把孩子们教室里的课桌椅挪两张到门口的大草原上，围桌一坐，拖鞋一脱，把脚能撩多高撩多高，摆出噶尔丹那种大袖一掀啃羊腿的架势，享尽游牧民族的豪情万种，那气场真不是盖的！虽然吃的是半生不熟、时咸时淡时没油的土豆和米饭！

虽说没什么油，但是，饭毕，谁要是卷裤腿儿卷手袖来一句"我来洗碗！"，在咱那草原上，那叫一个真威风！弹指一挥间，左青龙，右白虎，（是野狗尾其后），十几条全跟在你后面。端起大锅，就是一道疾风骤令，在咬自己尾巴的野狗，在咬别的野狗的野狗，

284

在咬草的野狗，不知道在咬什么的野狗全都撒口过来了。你蹲下把锅放小溪里的时候，一群野狗正襟危坐在你身后，另一群窜到小溪对面，面红耳赤一甩毛发，摆出一副十八罗汉图，煞是帅气。这个天王盖地虎宝塔镇河妖的差事，永远是陈爸一马当先，大汤和小茜每次都是吃完盘子里最后一粒土豆，然后托着快要掉到地上的下巴，看着老爸潇洒的背影来一句"陈爸好帅啊！！"然后端着剩下的碗和盆，穿着个小马裤屁颠儿屁颠儿的追着陈爸去了。

我喜欢做饭，但就是不喜欢洗碗。每次到"洗碗大侠"变身的时间点，我就装病，这疼那疼，所以基本没洗过碗。直到后来听说小溪边经常有神奇的故事……

一次两个小喇嘛骑车路过，看见大汤她们在洗碗，远远把车子停在一边，捧着手走过来，见她们快洗完了，弯下腰把手里的一捧糖递到大汤她们面前，也不说话。大汤意会到了小喇嘛是要给他们糖吃，她一脸不好意思地看了看陈爸，陈爸起身接起一颗，小茜在一旁道"小神仙给的糖要接的"，大汤赶快拿了好几个。小喇嘛把手上剩下的糖两两一分，端起暗红色的藏袍席地坐在他们三个中间开始吃糖，示意陈爸他们也一起吃，听他们说得，我都快被这一片祥和化成水了。后来还有一次，看见陈爸从小溪边捡回来一对漂亮的牛角。想起小时候爬雨崩去朝拜，从此梅里雪山爷爷很酷地保佑我一直平安快乐。雨崩村的神瀑下面就挂着一对缠着白色哈达的牛角。事情都听到这个份上了，我当然豁出去了也要加入洗碗的队伍。

偷酒

　　无论什么故事。奇怪的事情总是要夹在中间出现一下的。聪明的姑娘都会把它写在第五小节！

　　这边好像有一条要命的规定，禁酒。自打我认识藏族这样的民族我就觉得，这个世界都应该如他们一样，热情洋溢地面对生活。无酒不宴，遇到喜欢的朋友一定要为他唱支祝酒歌。奇怪的禁酒令我到现在都不知其因，语言沟通真是个无奈的阻碍。但是话说回来，喝酒这事儿是永远不会被阻碍的。

　　罗川云一大早就跑到加羊老师家里，下午两辆红色的摩托车就停在了门前的草地上。"今天的课你和小茜全上了啊，我们去西藏买酒。"都不等我们回答，他们已经溜了。我和小茜在教室里挺了一天，我此行前说好的不上课，最终还是难逃一劫。小泼猴们在教室里爬来爬去，我只好拿出往年支教发明的绝招，把教室里所有的桌子排成一排，把小家伙挨个儿放课桌上，然后把他们鞋脱了！不喊出 1 加 1 等于 2 是不许下来的。贵州的小朋友斯文一些，也喜欢这么上课，可青藏高原的猴孩儿就不是这么好对付了。我喊半天，他们根本不理我，叽叽喳喳满屋子跑。我感觉自己掉进了红孩儿的洞里。小茜还被一个大孩子啐了一口唾沫，场面完全失控。想想晚上有酒喝，哎，何以解忧，唯有杜康。

睡觉篇

　　睡觉是上帝送给我们又一个可喜的礼物，无论头一天干了什么坏事，一觉醒来就全都涅槃了。受老天的眷顾，它还多给了我一张阳光脸，干了坏事说出来经常没人信。不过，"双喜"临门，我感到痛苦的时候说出来也很少有人相信。这个时候，睡觉的好处又来了，一觉睡下去，老仙女南瓜车阿拉丁，要什么有什么……

三千不烦恼的丝

说到睡觉，我且得说说我的那堆头发！那是我那段时间睡觉最放不下、但我还一定得把它放下的那么个东西。支教前几个月，正好碰上青春期都不好意思说的"虽不知爱情是什么，可还是碎了一地"的烦恼。所以我弄了一顶 Bob Marley，我总觉得古时候的姑娘断情丝可能不科学，但是我相信头发和手指头都是认识老神仙的灵物，手指头我不敢切，所以我坚信改变头发的形状一定可以让世界多少发生一些神奇的变化，"一出事"就先拿头发出气。

这个美杜沙一样的头发又硬又沉又占地方，每天睡觉我要把它们端起来平摊到枕头的最左边，保证我的枕头还剩一小块儿贴下我的左脸颊。要是想翻个身，还得从梦里醒来，恍恍惚惚地把左边的头发精精确确地端到右边合适的位置，保证右脸顺利降落在枕头上。出发前我曾犹豫是否要拆掉，考虑到野外生活不方便打理，后来因为懒得去拆，还是顶着来了。

后来我算是捉摸透了，忘掉烦恼的终极办法原来是增加无数新烦恼。支教前在西宁待分配的时候，我、大汤，还有小茜早就已经玩到一起了，我们在百忙中抽出了空闲，兵荒马乱地去了趟青海湖。青海湖边的小孩儿喜欢要钱，就好像要糖吃一样。小孩儿们长得可爱，你摸摸他小脸，他给你一笑，然后就伸手要钱。你蹲在油菜田里正调个光圈快门，追追打打的一群小臭屁不小心冲进你取景框了，不是你的错也赖你，围着你蹭你一身鼻涕然后就得留下买鼻涕的钱。你要是在车上摇下窗随手拍个照，正好蹲在前面是他家的牦牛，骑着马就追上来了……防不胜防。当然，我的那堆"三千烦恼丝"首先就是在他们的地盘上摊上事儿的。

　　瞭眼看到路那头有三五个穿得花花绿绿的小家伙你打打我的头我踢踢你屁股绕着骑马前进的妈妈一圈一圈地跑，我自觉不能多看他们两眼，于是我就保持着目不斜视的蹲姿在油菜地里干看湖，我都不知道缘由的难逃一劫就来了。这几个小鬼在我身后转悠了一会儿，我没理睬，把相机拿出来假装我在忙。他们窸窸窣窣地商量了一下，然后就开始一把一把的扯我的头发，我起身敲他们脑袋，这几个小鬼像四面八方跑开，我就乱了招，不知道要追哪个。一会他们又开始向我这边聚拢来，我意识到我要被包围蹭鼻涕了，可惜我不是什么温柔善良的好姑娘，卷了卷手袖以示我抗争到底的决心。然后嚷嚷着"我的头发！五块钱玩一次！听见没有！你们得给我钱！不是我给你们！"。他们含着手指头，摆着各种扭来扭去的姿势眼巴巴地看着我，什么也不说，有几个小姑娘相互说了几句话，然后扯了扯自己的头发看着我傻笑，我彻底就乱了。这帮小家伙把我堵个水泄不通，而且又不会汉语。这个时候，她们的妈妈骑着骡子过来了，这妈妈长得特别漂亮，十八岁的模样，汉语也很好："你的头上是牦牛的尾巴？"为了解释，我俩就聊上了。聊了什么我已经忘了，就记得最后我和孩子们拍了张合影，孩子们骑在我背上又玩了一次我的头发，他们也没管我要钱，我也就暂且免了他们一次单。

喜欢我头发的，还不止高原小朋友，还有高原小动物。一天早上，我在帐篷里迷迷糊糊刚睡，小茜在我旁边一个劲拽我，"别闹，昨晚好不容易睡着的！""不是不是，你，右边！"我头一偏，一只长得像兔子的老鼠站在我头发上嗅呀嗅，我一声惊天咆哮，它可能被我吓呆了，一瞪眼，把爪子迅速提到胸前，露着两大牙，我们你望着我我望着你，非常紧张地对视了十几秒，然后，它才反应过来，呲溜跑了。

想不明白睡觉去

　　小时候爸爸妈妈到远地挣钱去了，半年才回家一次，我上学年岁又小，每天都被幼儿园一个叫王丹丹的小女孩锁在漱洗室，我不给她东西她就用指甲抓我的脸。我特别固执，每次都要反抗，结局都是未遂，一定坚持到脸被抓破了然后忍着疼憋着泪拱手交出各种头花发夹子。我告给老师告给外婆告给一切我能告的人好像都没什么作用。后来有一次妈妈回来，发现我脸上竟然多了一道从脸颊长到下巴的划痕，她逼我招了惨案。在我记忆里，从那以后我再也没被王丹丹打过，稀里糊涂的我也不知道到底是为什么就不再被打了，我也没去想过，觉得王丹丹是因为听老师讲了欺负别人会变成丑八怪的故事而改过自新了。我长大了才听说这里头原来藏了一个霸气的故事。妈妈那天跟我一道去了幼儿园，在门口等着那个王丹丹来，见她妈妈送她到学校转身走了，妈妈悄悄跟上去把她叫住，说："我是李思瑶的妈妈，我是黑社会的，他的爸爸是公安局的，你以后要再抓她的脸，他爸爸就会把你抓走，你要是抢她东西我就会把你抓走！"

自打我知道了这个传说起，我就变了！经常会干出各种各样的坏蛋事儿，但凡见不惯别人的举动我都会把不满的情绪演绎殆尽写在脸上，别人一旦跟我耍蛮横，我一定会拿出各种招数对付他，如此一来我经常给别人添堵。可是我又喜欢我自己的坏蛋脾气，所以我必须得有足够强大的内心，时刻接受各种尺寸的代价。但凡我觉得自己做错事感到煎熬，我拢有一个极好的办法，一睡而过。睡觉是我摆脱一切困境的妙方，新的太阳一出来，我就有勇气可追了。

睡觉成了一件困难事

后来发现，这个一睡了之的方法还是挑地方的。在青藏高原睡觉并不是件容易的事。

我们第一天到支教地的时候天已经黑了，司机师傅率先把我们带到萨美寺拜访僧人，可能是这里的规矩吧，到的时候喇嘛庙的门已经关上了，寺院的样子也没看清，四周安静得只有流水的声音。我们等了不一会，一个老师傅从侧面的小门走出来，和司机师傅说了几句话，把我们带进了寺里。我们五个跟着上了楼，老师傅安排我们进了一个房间，房间特别干净，暗红色的印花地毯，墙边围着一圈藏族人家四四方方铺着彩色坐垫的椅子，两边墙角上挂着两幅尺寸不大的唐卡，左边的墙角有一个桌案，上面放着两盏酥油灯，和一些零碎的法物，桌案中间挂着活佛的相片。寺里的僧人不懂汉语，接我们的老师傅只会一点点，川云需要和他交流一些我们来这支教的事情，我们四个脱了鞋子坐进房间里等他们。一个小师傅拿出四个碗，打开水壶给我们倒茶，在西宁的时候听说这个茶叫 nao 茶，用湖南那边产的茶叶放盐煮，味道接近酥油茶。记得小时候在中甸生活的时候，叔叔伯伯们教我说，去藏民家喝茶，全部喝完说明不要加茶水了，碗底剩一点点表示要加水。我一口气喝完不见底，因为实在是不太好喝。

活佛安排我们睡在寺里，我们怕打扰人家，其实是因为不习惯在这么神圣的地方睡觉，还是决定去学校自己解决。活佛就是活佛，顺了我们的意思，拉了一皮卡车材料，到学校附近稍微平坦的地方给我们搭了一个漂亮的蒙古包，我们乐坏了，从来没有见过这么漂亮的帐篷。在满天的星星下面，我们好像也变成了神仙。听上去是多么美的一个故事啊，其实，哼。现实并没有这么酷。我们的新家坐落在一个斜坡上，防潮垫根本抵挡不了草地的冰霜，高原夜里的风真的是在龙卷。我们都严严实实地裹在睡袋里，可是睡袋很滑，每搁两小时我们就得冻醒一次，半截身子都要滑出帐篷了，害得我们就像菜青虫一样，蹭着斜坡上的防潮垫往上扭动，早知道，就厚脸皮住寺庙里了。

帐篷

　　我们自己也带了一个帐篷，像模像样的户外人经常用的那种，但在这个地盘上好像没什么用武之地。我们几个商量搭起来，一起诗情画意地睡睡午觉吧。

　　帐篷们吸引来了中午下课没回家的娃娃们，我们一面在铺天盖地，孩子们一面拖着鼻涕在我们周围打滚，时而还拿起我们撑帐篷的杆子打起架来，更噶伍兹扑倒了"阿亮哥"（"莱昂"在藏语里是唱歌的意思，发音听上去总像"阿亮"。他歌唱得特别好听，我们都喊他"阿亮哥"）。阿亮哥大喊了一声在地上挣扎着作势要蹿起来扑倒伍兹，结果两人都没得逞，龇牙咧嘴的两个一起抱团滚到了草地坡的下面。他们特别喜欢这种打架的游戏，我们也从来不想去阻止。"不许闹了啊，本人要睡觉了。"川云缩进帐篷霸占所有的空间，大汤抱不平钻进去和他抢位子，我和陈爸自觉地找了个没有牛屎的空地躺下，扯件衣服铺在脸上，小鼻涕们也都个挨个团在我们附近，枕着小花小草，靠在草地坡上。

不到十分钟……

川云和大汤在帐篷里大喊要烤熟了，最后还是爬出来了，我和陈爸一直在往下滑，小崽子们待不住了，开始大闹天宫，闹啊打滚啊，大草地坡上睡觉，疯了吧！和小鼻涕小油条们一块儿打滚才是正经事！

白天有太阳，晚上才可以看书

我经常躺在床上看床头书把眼睛看坏了。小学的时候我就开始戴眼镜。大草原上的小孩们哪来那么多麻烦事，他们除非白天有太阳，电池板充满了，晚上才可以看书。况且，这么美的星空，看书？

我和大汤得瑟得很，西天取经似的征途上还死沉地背上几本书，我带了一本少儿版的《欧洲简史》，还被罗川云笑话，笑什么笑，我就是一浅入浅出的人。我还爱看那种硬邦邦的《植物图鉴》呢！汤带了一本很高级的《悉达多》。说实话，这个把月里，我俩总共加起来没看十页。后来汤还把那高级书落在大草原的牛粪堆里了。

一到晚上，我们根本没时间看书，每天看完星星就会有一大堆的话要说，于是夜谈会很快就取缔了少儿版欧洲史。我们谈天说地，唱山歌！有一天我们像一群八婆一样聊起了卫国之谜。什么卫国啊！我们进藏的那天，汽车开出囊谦县不久，手机就完全没有信号了，公路上没有红灯，但牦牛不少，我们时不时地停下等藏民把牛赶走。放眼望去整条路上没有一辆汽车，草原和河水像电影画面一样假，我们几个终于憋不住了，我率先把头伸出了车窗，像西部片里兜风的牛仔一样迎风大喊"电话短信去死吧！""你大爷的QQ微博！""滚蛋吧，鸟客户！""去你的北京二环内！"

我明明说的是微博去死，她非要说我是失恋了。好吧，反正我还真是。我就在大草原上把他的坏话讲了个遍！这几年憋死我了。

（京）新登字 083 号

图书在版编目（CIP）数据

马背上的夏天：四个女孩三个夏天的支教纪实/汤珣等著.
—北京：中国青年出版社，2014.1
ISBN 978-7-5153-2128-8

Ⅰ.①马…　Ⅱ.①汤…　Ⅲ.①纪实文学–中国–当代　Ⅳ.①I25

中国版本图书馆 CIP 数据核字(2013)第 289883 号

责任编辑：彭明榜
策划编辑：申永霞
特约策划：李思瑶　东子
内文插图：王宇奇
装帧设计：王宇奇

*

中国青年出版社 出版 发行

社址：北京东四十二条 21 号　邮政编码：100708
网址：www.cyp.com.cn
编辑部电话：(010)57350501　门市部电话：(010)57350370
北京顺诚彩色印刷有限公司印刷　新华书店经销

*

700×1000　1/16　20 印张　210 千字
2014 年 1 月北京第 1 版　2014 年 1 月北京第 1 次印刷
印数：1–5000 册　定价：36.00 元
本图书如有印装质量问题，请凭购书发票与质检部联系调换
联系电话：(010)57350337

最美的地方

最美的地方

今天，我们看了许多
美丽的地方。

黔西县花溪乡沙坝小学
阿宝（化名）作文

有石笋，学校，土地等地。

sē tā

我们都到河里游泳多次，
觉得它很热情。

我们一去就要到下
午才依依不舍地离去，

因为那些

小鱼、小虾、海小螺等小动物都

让我们不舍离去。

有一次，
我和几个朋友
去河里游泳时，
看到了许多虾
我准备了一个小瓶，

每捧一下就能得到10 多只
不太大也不太太小的虾

可是很不幸，
到达家时虾全都死光光了。

可却不知怎么死的 ，也许它们
离开了自己的家 ，所以就自杀了

但我并没有恶意。

我下次还会去捉上百只虾来喂养。

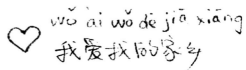

wǒ ai wǒ de jiā xiāng
我爱我的家乡

摄影 恩珺

设计 卓格